KB171097

세상에 태어나 지금까지 이 모든 것들을 경험하고 누리도록
저를 지원하고 응원해 주신 부모님께 무한한 감사함을 전합니다.

그리고 제 삶의 전환점을 만들어 준 고마운 나라,
미얀마 국민들의 평화와 번영을 기원합니다.

이 책은 '2020 NEW BOOK 프로젝트-협성문화재단이
당신의 책을 만들어드립니다.' 선정작입니다.

나는 왜
미얀마와 사랑에
빠졌을까

허은희

© Victor Deweerdt on Unsplash

나는 왜 미얀마와 사랑에 빠졌는가

2019년 3월 미얀마에서의 두 번째 해외봉사 생활을 마치고 한국에 돌아온 지 벌써 2년이 다 되어 간다. 미얀마는 인연이 있어야만 갈 수 있는 국가라 한다. 마치 불교에서 말하는 전생의 인연처럼 말이다. 이런 미얀마를 나는 그동안 세 번이나 방문했다.

첫 번째는 아주 우연한 기회였다. 2013년 대학 3학년 여름방학, 우연히 알게 된 한 한국단체에서 한국 청소년들의 해외여행 인솔자 역할을 제안해 줘서 무료로 동남아 여행을 떠나게 됐다. 2개월 동안의 동남아 여정 중에 10일간의 미얀마 여행 일정이 포함되어 있었다. 해외파견 생활이 처음이었던 당시 내 마음은 어둡고 지쳐 있던 터라 미얀마를 여행하면서도 많은 기억을 남길 수 없었다. 공기가 아주 후덥지근했고, 사람들이 착했고, 사원이 정말 많고, 산속을 걸어 커다란 호수를 만났고, 추어탕 같은 맛있는 쌀국수가 있었다는 정도. 3년 반의 시간이 흐른 뒤에 미얀마에 다시 찾아올 거라는 걸 나는 예견이나 했을까? 미얀마에 다시 오고 나서야 그 국수는 '모힝가(Mohinga)'라는 미얀마 전통 쌀국수라는 걸 알게 되었고, 내 최애 현지식이 되어 있었다.

2017년 대학원 수료와 함께 미얀마와의 본격인 인연이 시작됐다. 당시 나는 1년은 한국국제협력단(KOICA, Korea International Cooperation Agency) 국제개발전문봉사단으로, 6개월은 NGO봉사단으로, 총 1년 6개월을 '봉사단'이라는 이름으로 미얀마에 살며 근무를 했다. 그야말로 미얀마는 학교 밖을 나온 내게 첫 사회생활 터가 되어 주었다. 다수의 미얀마인 속 '소수의 한국인' 중 하나였던 내가, 이제는 다시 '다수의 한국인' 속 한국인 허은희로 살아가고 있다. 한국인이라는 하나의 정체성으로만 살아가는 것이 내게는 어려워진 지 오래. 한국 안에서 한국인으로서의 삶으로만 살아가기에는 답답함을 느낀다. 미얀마에 다녀온 뒤 주변 친구들이나 직장 동료들은 종종 나를 '미얀마인'으로 불렀다. 보통 한국인과 같지 않다는 거다. 요즘 한국에서 유행하는 노래나 유행어 또는 시사 이슈에 대해 이야기를 나누면 나는 "엥? 그게 뭔데? 누군데? 무슨 일이 있었는데?" 하기 일쑤다. 내 주의력이 부족한 건지, 아니면 정말 한국에 관심이 없는 건지. 종종 내 마음도 조급하고 답답해진다. 내가 한국에 어울리지 않는 건 아닐지, 하고 말이다.

대신 나는 내가 좋아하고 아는 것들에 대해 주변에 이야기하기를 즐겼다. 한국에 와서도 틈만 나면 미얀마 이야기였다. 미얀마에 대해 말할 때면 마치 여행사 직원이 된 기분이고, 우연히 어딘가에서 미얀마에 관한 내용을 발견하면 뛸 듯이 기쁘다. 내 꿈 중 하나는 미얀마의 매력을 알고 좋아하게 되는 사람들이 많아지는 거다. 작년 한국에서 같이 일하던 동료 세 명은 날 만나기 전에는 미얀마가 어디에 있는지도 몰랐다고 한다. 그러다 나의 일상 속 지속적이고도 끈질긴(?) 스토리텔링을 통해 자연스럽게 미얀마가 뇌리에 박히게 되었고, 미얀마의 위치뿐만 아니라 문화나 역사에 대해서는 아주 간단하게라도 인식하고 있다. 한 사람의 색다른 경험이 평범한 사람들을 새로운 세상과 연결 짓게 해준다는 걸 느낄 수 있었다. 두 차례에 걸친 해외봉사 경험을 통해 나는 미얀마의 완전한 팬이자 홍보대사가 되어 있었다. 이 일상 속 변화를 경험하며 나는 해외봉사단 활동의 위력을 강력하게 믿게 되었다.

그렇다면 이 세상 많고 많은 나라 중에 왜 미얀마에 주목해야 하는지 의문이 생길 거다. 최근까지 동남아시아 하면 우리 머릿속에 떠오르는 대표적 국가는 태국과 베트남이었다. 그러나 오늘날 미얀마가 그 뒤를 바짝 쫓고 있다. 미얀마는 세계 2대 강국인 중국과 국경을 맞대고 있으면서 동남아시아(태국, 베트남 등)와 서남아시아(인도, 방글라데시 등) 지역의 경계에 위치해 양 문화권의 공존을 볼 수 있는 나라다. 국민 85% 이상이 불교도로, 불교가 국민들의 삶의 방식과 정신에서부터 정치·경제·문화까지 영향을 끼치고 있기도 하다. 미얀마 국토는 남한의 약 6.7배나 되지만 국민 수는 대한민국과 비슷한 5천만 명 수준이다. 이런 미얀마의 경제 수준은 세계 70위권대에 머물고 있다(세계 은행의 자료에 따르면 미얀마의 2019년 국민총생산(GDP)은 약 760억 미국달러). 왜일까? 미얀마는 1947년 영국 식민통치로부터 독립했지만 135개 이상이나 되는 민족들의 다양성을 통합하지 못해 1962년 군부 쿠데타가 발생했다. 그후 2015년 민주주의 총선으로 문민정부가 등장할 때까지 약 53년간 군부통치체제를 겪었다. 2016년부터그 유명한 독립영웅 아웅 산(Aung San) 장군의 딸, 아웅 산 수 치(Aung San Suu Kyi) 여사가 미얀마를 이끌어가고 있다. 자유경제체제를 표방하며 활발한 경제사회 발전 정책을 펼쳐 나가고 있지만, 아직까지 헌법으로 군부의 정치적 영향력이 보장되고 있어 정부와 군부 간 협력과 긴장 관계가 반복되고 있다.

미얀마의 이야기가 한국의 역사와 겹쳐져 생각되지 않는가? 한국 또한 1961년 박정희에 의한 '5·16군사정변', 1979년 전두환에 의한 '12·12사태'라는 군사 쿠데타가 있었고 1987년 '6월 민주항쟁'으로 민주주의 체제를 되찾기까지 약 27년간 군부독재를 겪었다. 미얀마에도 한국의 6월 항쟁과 비슷한 시기인 1988년 그리고 2007년 2회에 거쳐 승려들이 주축이 된 전 국민적 민주화 시위가 있었으나 군부의 무장 진입으로 좌절되고 만다. 미얀마와 한국 민주주의 발전의 주요 차이점은, 미얀마의 민주주의는 군부 주도로 만들어졌고, 한국의 민주주의는 국민의 저항과 투쟁으로 이루어졌다는 점이다. 물론, 미얀마 국민들이 국내외에서 끊임없이 펼쳐온 저항운동과 희생 덕분이기도 하다. 현재 미얀마 국민들은 민주주의 총선으로 선출된 첫 야당 출신 대통령이 이끌던, 1990년대 한국의 김영삼 문민정부 시기와 비슷한 정치 환경에 살아가고 있다. 그리고 그 당시 한국이 겪던 도전과제와 딜레마들을 비슷하게 겪고 있다. 다른 점이라면 미얀마가 살고 있고 미얀마와 소통하고 있는 세상은 21세기라는 거다. 미얀마를 오고 가는 사람들은 2020년대를 살아가고 있으며, 오늘날 수준에 걸맞는 사회 발전을 기대하고 있다.

미얀마는 오늘날 다른 강대국들뿐만 아니라 한국에게도 동남아시아로 진출하기 위한 교두보이자 경제적 요충지이다. 한국의 각종 정부 및 공공 기관들이 미얀마와 협력하고 있으며, 다양한 한국기업들이 미얀마에서 이미 활동하고 있거나 진출을 희망하고 있다. 더불어 나와 같은 20대 청년들이 미얀마에 대한 환상을 품고 여행을 떠나거나, 직장이나 봉사활동 등 특별한 기회로 미얀마에 체류할 기회를 얻고 있다. 미얀마는 한국이 반드시 알아야 할 국가라는 사명으로 글을 썼다. 무엇보다 미얀마의 '미'자도 잘 모르던 평범한 20대 중반 한국인 청년의 삶이 미얀마를 만나며 어떻게 변화해 왔는지 그 과정을 주변 사람들과 공유하고 싶었다. 내 이야기를 통해 미얀마를 보다 깊이 이해하게 되고, 미얀마와 사랑에 빠지는 이들이 점점 더 많아지면 좋겠다. 이 책에는 내가 미얀마에서 얻은 견문과 함께, 어느 한국 청년의 독립과 성장의 과정이 담겨 있다.

내 삶을 변화시킨 나의 사랑 미얀마. 멀리 떨어져 있어도 마음속에 저절로 떠오르는 곳, 그곳에 머무는 나의 시간, 나의 생각들… 요즘 따라 그곳에서의 추억들이 문장이 되어 계속 내 마음속에 작문을 한다. 마치 과거의 시간이 나보고 정리를 좀 해 달라고, 잊히기 싫으니 기억해 달라고 신호를 보내는 것 같다. 그래서 용기를 내 오랫동안 멀리 두었던 글을 쓰게 되었다. 한편으로 요즘 미얀마에 나가는 봉사단과 개발협력 활동가들이 점점 많아지고 있음에도 불구하고 아직까지 미얀마 생활에 대한 맛보기가될 도서가 발간되지 않았다는 점이 안타깝기도 했다. 더 늦었다가는 누군가 먼저 미얀마 책을 쓸 것 같아 '이때다!' 싶어 내가 총대를 메고 도전하게 되었다. 그동안 미얀마와 엮인 내 삶의 순간들을 돌아보며, 흥미진진 첫 미얀마 이야기꾼이 되어 보자!

2020년 12월 서울에서

만달레이 '우 베인 다리(U-Bein Bridge)'

나는 왜 미얀마와 사랑에 빠졌는가

나의 사랑, 미얀마에게 보내는 편지

Ⅰ. 밍글라바! 미얀마에 둥지를 틀다

I

밍글라바!
미얀마에 둥지를 틀다

내가 KOICA 봉사단으로
1년 동안 미얀마에 가게 됐다고?

2016년 여름, 대학원에서 개발정책학 석사생으로 마지막 학기를 보내고 있을 때였다. 당시 나는 전 세계에서 온 여러 국제 학생들과 함께 영어로 수업을 듣고, 다양한 교내 행사에 참여하면서 국제무대로 나갈 역량을 천천히 쌓아 나가고 있었다. 국제 기숙사 학생관리자 대표도 맡고 있었다. 내 가슴속에는 해외 파견에 대한 뜨거운 열정이 하이에나처럼 기회를 찾고 있었다. 당시 대학원에서 나 다음 기수로 입학한 한 언니가 미얀마 왕 팬이었는데, 이미 미얀마 해외 봉사도 경험하고 KOICA 새마을봉사단에 합격하여 국내 훈련에 들어갈 준비를 하고 있었다. 해외봉사단에 관심을 보이는 내게 언니는 곧 '국제개발전문봉사단' 모집 공고가 있을 거라는 귀띔과 함께 '너도 얼마든지 선발될 수 있다!'는 용기를 북돋아 주었다. 언니가 말한 봉사단 모집 공고가 났다는 소식을 접하자마자 홈페이지에 접속해 지원 가능 국가와 단체 목록을 훑어보았다. '석사 과정 이상', '경제학 전공'에 '무경력' 조건으로 지원할 수 있는 곳이 딱 하나 있었는데, 거기가 바로 미얀마였다!

내가 파견 될 미얀마개발연구원(MDI, Myanmar Development Institute)은 미얀마 경제사회 분야 연구를 통해 미얀마의 공공정책 발전을 지원하는 연구기관이었다. 1971년 설립되어 한국 정부의 경제 개발을 견인했던 연구기관인 한국개발연구원(KDI, Korea Development Institute)을 벤치마킹한 사업으로, KDI가 직접 기술 및 경험 전수를 하고 있었다. 훗날 MDI 설립 후 1기 연구원이 될 12명의 KOICA-MDI 장학생 친구들과 같은 시기 입학하여 함께 대학원 생활을 하고 있던 터라 내게는 친숙한 기관이었다. 조건적으로 봤을 때 내가 될 가능성이 높았다.

당시 대학원에서는 시험 기간이 한창이었는데도 나는 주말 내내 꼬박 이틀을 매진하여 주어진 자기소개 질문들을 내 이야기로 채워갔다. 감사하게도 7월 25일 1차 합격 소식을 받았고, 7월 30일 대학원 수료식 바로 다음 날 면접을 보러 서울 서초구에 위치한 KOICA 글로벌인재교육원으로 향했다. 1시간 동안 설문 형식의 해외봉사단 적합도 조사에 응답한 뒤, 영어 면접과 직무 면접을 봤다. 얼마 후, 면접에서 4대 1의 경쟁률을 뚫고 내가 합격했다는 소식을 들었다. 오 예! 신체검사를 마친 후에 최종 선발 결과가 떴다. 내 가슴은 이미 감격과 설렘으로 고동치고 있었다. 미얀마야, 내가 널 만나러 간다.

위) 봉사단 교육생 시절의 나
아래) 출국을 위한 단원복으로 갈아 입은 나

미얀마 민주주의 정치 과도기 속 나의 운명은

2017년 1월 16일 밤, 약 7시간의 비행 끝에 미얀마 양곤 국제공항에 도착했다. 인천공항에서 가족들과 헤어짐을 고할 때 앞으로 물리적으로 만나지 못할 생각에 두려움이 들었다. 여전히 뭔가 부족하고 온전치 못한 나지만, 그래도 나는 떠나야 했다. 나의 힘으로 새로운 곳에서 연결을 만들어 가리라 다짐했다. 입국 수속을 하는데 바로 옆 유리창 너머로 승객들이 나오길 목 빠지게 기다리며 쳐다보고 있는 사람들이 보였다. 저 무리 속에 나를 찾는 사람들이 있다고 생각하니 가슴이 설렜다. 짐수레를 끌고 입국장을 나와 낯선 사람들로 둘러싸인 길을 걷는데 드디어 나를 찾는 목소리가 들렸다. 봉사단 관리 직원 두 분께서 마중을 나와 주셨다. 사무소 차를 타고 바로 숙소로 향했는데, 다시 만난 미얀마의 밤공기가 잊히지 않는다. 모든 것이 그대로지만 나만 새로웠던 그 기분, 바람을 타고 온 꽃씨가 앞으로 뿌리를 내릴 땅을 만났다.

KOICA 사무소에서 28일간의 현지 훈련 시간표를 받아

보니 약 80%가 현지어 수업들로 이루어져 있다. 중간중간 미얀마 전통문화와 역사를 체험할 수 있는 견학 활동이 있었다. 교육을 마칠 때에는 현지이 실력을 점검하는 시험을 본다. '테테(Htet Htet)'라는 한국어에 능통한 미얀마 분이 현지어 교사이자 현지 적응 코디네이터 역할을 맡았다. 소규모로 모집하는 전문 봉사단이었던 나는 혼자 미얀마에 파견되었기 때문에 1 대 1 과외를 받게 되었다. 외로울 수도 있었겠지만, 긍정적으로 보면 보다 집중적인 교육을 받을 수 있는 조건이었다.

기존 단원 수요 요청서에 따르면, MDI의 사무소에 파견되어 현지 연구원들의 연구 활동을 돕는 게 나의 본 업무다. 그러나 아직 연구소 조직도 갖춰지지 않은 상태였다. 현지교육 수료식 날, 사무소는 내게 MDI가 조직을 갖추고 정식 개소할 때까지 KOICA 사무소에서 대기 근무를 하라는 조처를 내렸다. 덕분에 나는 약 2개월간 KOICA 미얀마 사무소를 경험할 기회를 얻었다. 한국에서도 출국이 연기되는 바람에 한 달 보름을 대기하다 왔는데 여기서도 더 기다려야 한다고? 처음에는 기운이 빠졌다. 하지만 이것 또한 기회라 생각하기로 했다.

인턴이 아닌 이상, 봉사단원이 KOICA 사무소에서 출근하는 건 흔하지 않다. 본래 양곤에서 현지 적응교육을 마친 봉사단은 즉시 자신이 활동할 현지 기관이 있는 임지로 나가 활동을 시작해야 한다. 교육 기간에는 KOICA가 양곤에 운영하는 '유숙소(신규 파견 봉사단의 적응 활동을 위한 둥지이자, 지방 활동 단원들을 위한 게스트하우스 역할을 하는 공간이다)'에서 지내고, 이후에는 자신만의 독립된 주거공간을 임대해 그곳으로 이주해야 한다. 나는 유숙소에 머물며 지방에서 오고 가는 선배 단원들을 만나며 미얀마 생활에 대한 유용한 팁을 얻는 특혜도 누렸다.

소장님은 나를 MDI와 KOICA 사무소 사이 경색된 관계를 개선하고 사업이 진행되는데 필요한 원활한 정보 공유 및 각종 업무 지원 임무를 맡기셨다. 나는 MDI 시작부터 현재, 그리고 향후 계획에 대해 공부하며 스스로를 'MDI의, MDI에 의한, MDI를 위한' 사람으로 무장시켜 나갔다. MDI사업을 맡고 계신 J 부소장님은 KOICA의 원칙상 모든 일을 절차에 따라 공문서로 남겨야 향후 국회 감사를 받는 상황에 대비할 수 있다고 하셨다. 그래서 내가 가장 먼저 맡은 임무는 3주간 그동안 흩어져 있던 자료와 공문서 및 국내외 언론 보도기사를 모두 모아 연도별 파일을 제작하는 일이었다. 봉사단으로서 현지에 파견되어 겪은 가장 큰 변화는, 내 앞에 새로운 차원의 정보의 문이 열린 것이다. 그동안 인터넷 검색으로만 얻은 제한적 자료를 보며 쌓아 온 사업에 대한 호기심을 하나씩 해소해 나갈 수 있었다. MDI 설립 사업의 개발 과정, 구체적인 시행 계획, 한국과 미얀마 측의 업무 분담, 사업 용역의 구체적인 범위 등 모든 세부 내용을 파악할 수 있었다.

계획대로라면 현재까지 완료되었어야 할 일들이 수두룩한데 미얀마 측에서는 그리 협조적이고 적극적으로 참여하고 있지 않음을 인지했다. 그 이유는 내가 파견된 시점에 미얀마가 겪은 큰 정치적 변화 때문이다. 미얀마는 2010년 11월 7일 첫 민주주의 총선을 치렀고 2015년 11월 8일 제2차 총선을 통해 미얀마 독립 영웅 아웅 산 장군의 딸이자, 미얀마 민주주의 지도자인 아웅 산 수 치 여사가 이끄는 '민주주의 민족동맹(NLD, National League for Democracy)' 정당이 압승을 거두었다. 국민들의 지속적인 민주주의 운동 및 미국을 포함한 국제사회의 강력한 경제제재 조치로 권력체제 유지에 위협을 겪은 군부는, 해결책으로 2008년 신(新) 헌법을 공표하고 수십 년간 사라졌던 대통령 제도를 부활시킨다. 그리고 '통합 단결 발전당(USDP, Union Solidarity and Development Party)'이라는 군부 인사 중심의 정당을 설립해 군부 출신의 떼인 세인(Thein Sein)을 후보로 내보내 압도적인 투표율(USDP 정당이 330개 선거구의 상·하원 지역의회 의원 등 총 1천 154개 좌석 중 76.5% 의석률 확보)로 당선시킨다.

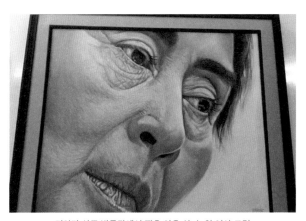

미얀마 샨주 박물관에서 찍은 아웅 산 수 치 여사 그림

2008년 헌법에 따르면 미얀마 대통령 선출은 간접선거 방식으로, 총선 이후 상원, 하원, 군부 의원이 각각 1명씩 대통령 후보를 선택한 뒤 의회 멤버들의 선거를 통해 선출된다. 가장 많은 표를 얻은 후보가 대통령이 되고 나머지 2명의 후보는 자동으로 부통령직에 임명된다. 어찌 됐든 군부 인사가 무조건 정치에 진출하는 구조다. 또한 군부의 미얀마 내무부, 국경부, 국방부 장관 임명권을 보장하고 있다. 경찰력 및 국내외 안보와 치안에 관한 정부 부처들은 여전히 군부의 영향력 하에 있다. 휴, 미얀마의 민주주의는 아직 갈 길이 멀어 마음이 먹먹해진다.

당시 처음으로 NLD를 포함한 40여 개의 정당이 최초로 선거관리위원회의 정당 인정 승인을 받았다. 그러나 아웅 산 수 치 등 야당 주요 인사들의 출마를 원천 봉쇄하는 등 선거 과정이 불공정했다는 국내 및 국제사회의 비난이 쏟아졌다. 이런 문제제기에도 아랑곳 않고 떼인 세인 대통령은 이후 5년간 군부와 민족주의적 불교단체를 주요 지지자로 등에 업고 적극적으로 국제사회에 문호를 개방하고 시장 자유주의 정책을 펼쳐 나가면서 미얀마의 사회주의 체제 타이틀을 벗기 위해 노력한다. 그동안 50여 년간 미얀마 국민들의 삶을 통제해 온 군부가 아닌, 국민이 직접 참여한 선거를 통해 최초로 민간 정당이 정부를 이끌어가게 되었다는 점에서 2015년 총선은 미얀마 민주주의의 진정한 시작을 의미했다. 지난 1990년 총선에서 이겼으나 군부의 선거 결과 불복으로 물러나야 했던 NLD와 아웅 산 수 치 여사로서는 25년 만에 승리를 되찾은 셈이다. 소수민족을 포함한 미얀마 국민 전체는 독재로부터 벗어났다는 해방감과 변화에 대한 희망으로 흥분에 젖었다. 당시 나는 대학원에 있었는데, 미얀마 친구들이 무척이나 행복해했던 걸로 기억한다.

2012년 한국 이명박 대통령과 미얀마 떼인 세인 대통령 간의 정상회담이 개최되었을 당시 한국은 미얀마에 새마을농촌개발 사업, 무역진흥원 및 미얀마개발연구원(MDI) 설립을 위한 무상원조를 약속했다. MDI 설립 프로젝트는 이후 외교부 산하 기관인 KOICA의 관리 하에 사전 타당성 조사 과정을 거쳐 2014년 공식 착수되었다.

'미얀마식 한국개발연구원 설립'을 목표로 2019년까지 2천만 달러(약 224억 원)를 투자하여 MDI 마스터플랜 수립, 본원 건축 및 기자재 제공, 공동연구 진행, 현지 공무원 및 연구원 역량 강화를 지원하고자 한다. 1971년 미국국제개발처(USAID)의 지원 및 박정희 전 대통령의 강력한 지지로 설립되어 한국의 경제개발 5개년 계획 수립을 이론적으로 뒷받침하는 등 한국경제 근대화의 토대를 마련하는데 결정적 기여를 한 바가 있는 KDI가 프로젝트 수행 용역을 맡았다. 떼인 세인 대통령의 한국식 경제 개발 모델에 대한 무한한 신뢰와 열정이 MDI의 설립 추진의 주요 추진력으로 작용했다. 그러나 새로운 정부 탄생 이후 모든 상황이 뒤바뀌어 버렸다.

2016년 4월 공식적인 대통령 취임식 이후 약 7개월간 사업이 정체되었고, MDI 현지 담당 부처가 교육부에서 기획재정부로 바뀌는 등 정치환경의 변화에 따라 다양한 우여곡절을 겪어왔다. 새로 바뀐 정부 관계자에게 MDI 사업의 필요성과 내용에 대해 반복적으로 설명해야 했다. 내가 현지 교육을 마쳤을 2월 중순경에서야 마침내 미얀마 신정부의 새로운 MDI 운영 임원 및 위원회가 공식 승인되어 사업이 다시 조금씩 진행되고 있다. 아무리 우리 측이 주는 입장이라도, 공동 프로젝트로서 파트너십을 맺은 이상 상대측에서 우리가 기대하는 반응과 결과가 오지 않으니 힘이 빠질 법도 하다. 결국 이 사업은 미얀마의 발전을 위해 해 주는 것인데 말이다. 원조를 받는 국가의 정치적 안정성이 사업의 지속가능성과 효과성을 위해 필수적이라는 교훈을 얻었다.

정부와 민간영역이 협력하여 국가의 경제사회의 개발을 기획한다는 점에서, MDI 설립 원조 사업은 17번째 '지속가능 개발 목표(SDGs, Sustainable Development Goals)'인 '목표를 위한 파트너십 구축(Partnership for Goals)'과 연관이 있다고 할 수 있다. MDI 사업은 인도주의적 지원사업처럼 미얀마 주민들의 삶에 직접적인 영향을 미치지는 않는다. 그 기여는 미얀마를 직접 운영하고 관리하는 정책 결정자들의 역량을 강화하고, 이들을 자문함으로써 이루어진다. 궁극적으로는 미얀마 국민들의 삶이 개선되고 이들이 자유를 누릴 수 있는 경제 및사회 환경을 조성해 주는 것이다. MDI의 원조 효과는 볼 수는 없는 장기적인 마라톤임을

인지하고, 인내심을 가지고 임해야 할 것이다.

내가 1년동안 미얀마에
있게 해 준 인연, MDI

내가 떠난 뒤로 MDI는 보다 자리를 잡아 다양한 연구 프로젝트 및 공무원 대상 정책개발 역량강화 사업들을 펼치고 있다. 연구원들도 훨씬 많아졌다. 2019년부터 현재까지 네피도에서 연구원 건물이 착공되고 있다.

MDI 홈페이지: www.mdi.org.mm
페이스북: @mdimyanmar

현지교육 기간 배운, 미얀마 가수 '니 니 킨 저(Ni Ni Khin Zaw)'의 〈소망 하나(Myaw Lint Chat Ta Sone Ta Yar)〉라는 노래 가사 소절이 파견활동 기간 내내 나의 입가에 아른거렸다. 그 의미가 내 현재와 앞으로의 상황에 꼭 와 닿기 때문이 아니었을까 한다.

'몇 번을 지더라도, 믿음을 잃지 마세요.

위험이 가득하고 가시밭길이라도,

매 순간 힘들고 마음이 무너져도,

미래가 보이지 않아도, 인생을 포기하지 마세요.'

이 메시지를 이곳이 있는 일 년 내내, 그리고 한국에 돌아가서도 품고 살아가고 싶었다.

동글동글 미얀마어,
너는 무엇이냐

KOICA 해외봉사단원으로 선발되고 나면 바로 봉사단원이 되는 게 아니다. 1년 단원은 한 달, 2년 단원은 필수로 두 달간 서울/영월의 KOICA 글로벌 인재교육원에 입소하여 다른 동기 단원들과 합숙하며 파견 준비 교육을 받아야 한다. 나는 2016년 10월 24일부터 11월 18일까지 서울 KOICA 글로벌 인재교육원에 입소하여 한 달간 미얀마어를 배우면서, 한 나라의 언어를 배운다는 것은 엄청난 노력과 인내가 필요함을 다시 한 번 깨달았다.

내게 영어라는 언어가 내 삶의 제2언어가 되기까지는 12살 이후로 최소 10년 이상이 걸렸다. 현재는 자유롭게 생각, 작문, 읽기, 말하기가 가능하다. 자유로운 언어 학습의 단계에 도달하기까지 기초를 닦는 건 정말 고통스럽고 진척이 느린 과정이었음을 아직도 기억한다. 12살에 영어학원에 들어가 처음으로 알파벳을 외웠고, 선생님께 혼나며 읽는 법을 익혔다. 지나고 난 뒤에는 실제 시간보다 짧게 느껴지는 과거지만, 그 당시 수많은 받아쓰기와 연습을 포함한 시행착오가 있었음을 안다. 대학 시절 스페인어를 배웠을 당시, 다양한 동사 변형을 익히는 데 힘이 들었지만 영어와 비슷한 알파벳과 단어 및 문법을 가지고 있어서 노력만 한다면 쉽게 익힐 수 있을 거라는 희망을 가질 수 있었다. 그러나 미얀마어는 내게 너무도 생소하게 느껴졌다. 자음 글자와 소리를 연결 짓기도 어렵고, 3개 성조에 대한 각기 다른 표기법을 모두 알아야 하고, 혼성 자음을 표현하기 위한 특별한 표기도 있다. 그 복잡한 규칙성에 놀라 나는 거부감을 느꼈고 그 저항감을 소화하는 데 한참이 걸렸다.

언어를 배우는 매력은 그 언어를 사용하는 세상 사람들의 삶과 사고방식을 이해하고 더욱 깊은 친밀감을 쌓을 수 있다는 데 있다. 초반에 반드시 겪어야 할 기초학습이 높은 벽으로만 느껴질 때, 그 고비를 넘겨야만 진정한 배움의 즐거움을 느낄 수 있는 자격을 얻는 게 아닐까? 이런 면에서 미얀마어는 내게 엄청난 도전 과제로 다가왔다. 한편으로는 현지어가 어렵다고 공부를 제쳐 두다가는 1년간의 파견생활에 지장이 가지는 않을까 걱정스러웠다. 명색이 새로운 국가에 갔는데 그 나라 언어도 구사 못한다면 창피할 것 같기도 했다. 이왕 간 김에 그 나라에 대한 생활 및 소통 전문가가 되고 싶은 욕심이 가득했다. 어쨌든 나는 현재 눈앞에 닥친 높은 벽을 뛰어넘기 위해 부정적인 생각은 뒤로하고 묵묵히 노력해야 함을 직시했다. 언어를 학습하면서 자연스럽게 생기는 저항감을 스스로 인정하고, 언어에 친근해질 때까지 천천히 기다려 주는 게 좋지 않을까 한다.

버마어는 사실 아주 매력적이고 유용한 언어다. 인터넷에 찾아보니 미얀마를 중심으로, 전 세계적으로 약 4천 3백만 명이 버마어를 사용하고 있다고 한다. 버마어는 성조언어이자 분석언어로 중국 티베트 버마어파의 하부 언어이다. 버마 문자는 고대 몬(Mon)족 혹은 10세기 인도 남서부에서 사용하던 퓨(Phyu) 문자에 뿌리를 둔 것으로 추정된다고 한다. 현재의 버마 문자는 33개의 자음으로 이루어져 있고, 여기에 모음 기호를 붙여 다양한 소리를 만든다. 버마어는 3개의 성조가 있다. 현대 버마 문자 모양은 동글동글한데, 원래 고대에는 사각형이었다고 한다. 우리나라처럼 F나 R발음은 없어 외래어를 표기할 때 현지식으로 소리가 바뀌기도 한다. 그래서 종종 나는 버마어로 읽을 때는 무슨 의

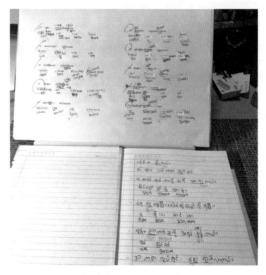

미얀마어 시험 공부 당시의 노트

미인 줄 몰랐다가 의미를 알고 나서 영어 단어임을 깨닫고는 한다. 한국어처럼 주어-목적어-동사 문장 구조를 갖고 있고 조사 등 비슷한 원리의 문법들이 많아, 문자를 읽을 줄 알고 문법과 어휘만 익히면 쉽게 익힐 수 있는 언어다. 불교문화에서 파생된 언어답게 불교 용어(빨리어)에서 파생된 전문 단어, 추가 문자들도 있는데, 이는 따로 익혀 두어야 한다. 동사나 단어가 성별에 따라 변하지도 않아 단순하게 단어만 외우면 된다. 다만 남녀에 따라 부르는 호칭이 달라지는 경우들이 있다. 한국처럼 미얀마에도 존댓말과 반말이 있다. 미얀마는 나이 많은 어른과 지위가 있는 사람을 공경하고 우대하는 문화가 있다는 사실! 미얀마에 살면 살수록, 한국과 다른 점들도 많지만 비슷한 점들 또한 정말 많다는 걸 느낄 수 있다.

　　지금은 미얀마어로 많이 부르지만, 엄연히 따지면 버마 민족이 주로 사용하는 언어를 의미하는 '버마어(Burmese)'가 맞다. 하지만 2008년 미얀마 헌법은 버마어의 공식 영어 표기를 'Myanmar Language(미얀마어)'로 부를 것을 명시하고 있다. 버마어가 '미얀마어'로 불리며 대표 행세를 하는 것에 대해 불쾌해하는 일부 미얀마 내 소수민족 국민들도 있을 거다. 본래 버마어는 미얀마 만달레이 지역 상부 영토에서 주로 사용되던 언어였으나, 19세기 초부터 하부 미얀마 지역으로 널리 퍼져 나가기 시작하며 기존의 몬(Mon)어를 밀어내고 주류로 자리 잡기 시작했다. 미얀마 남부 지역에서 소수민족 아이들이 공용어로 배우던 몬 언어는 1962년부터 군부 정권이 펼친 버마어 중심의 강력한 언어 정책으로 점점 중심에서 사라져 갔다. 현실은, 다민족 국가인 미얀마도 통일적인 나라 운영과 업무 및 일상생활을 위해 공용어가 필요하다는 거였다. 버마 민족이 전 국민의 약 70%를 차지하는 미얀마에서 버마어가 자연스럽게 공용어로 자리 잡게 되었다. 특히 라카인 주(Rakhine State), 카친 주(Kachin State), 친 주(Chin State)에서는 버마어와는 문자 체계가 아예 다른 언어를 사용하기도 한다. 문명과 떨어진 소수민족 마을에서는 버마어를 못하는 아이들도 많다. 현재 미얀마 공립학교들은 버마어를 국어과목으로 지정하여 공통교육으로 가르치고 있지만, 소수 민족 언어를 사용하는 가정에서 자란 아이들에게 버마어는 어려운 도전과제로 다가와 주요 학년 졸업 시험 및 대학 입학시험 준비에 어려움을 겪고 있다고 한다. 이는 소수민족의 젊은 세대를 존중하고 소수 언어를 보존하기 위한 차원에서, 미얀마 언어 공교육이 나가갈 도전 과제이다.

2017년 2월 26일 일요일, 미얀마 입성 1개월 보름 만에 나의 첫 미얀마어 시험(MLT, Myanmar Language Test)을 치렀다. 1달간의 1 대 1 현지 적응 교육 후 보름 만이었다. 내 생에 있어 제3의 언어로 미얀마어를 배울 거라는 상상을 하지도 못했는데 공식 시험까지 보다니. 접수 마감일을 하루 앞두고 시험 접수를 했다. MB, M1, M2, M3 이렇게 네 단계의 시험이 있는데, 초보자인 나에게 알파벳을 포함한 기본 2~300단어들 정도를 요구하는 MB(기초 단계)가 도전해볼 만했다. 시험에 떨어지든 붙든 간에 미얀마어 공식 시험을 체험해 보는 데 의의를 두고 시험비용 15달러를 투자했다. 시험 홈페이지에서 제공해 주는 단어장을 시험 전까지 3회 정도 훑어봤다.

생각보다 체계적인 시험 문제에 놀랐다. 듣기 30분, 독해 55분으로 구성되어 있고, 시험 유형들은 마치 토익시험을 연상케 하며 다양한 질문 유형으로 언어 역량을 평가하고 있었다. 시험 결과에 대한 걱정 하나 없이 순수하게 '시도한다'는 마음으로 시험을 보니까 집중도 더 잘 되고 즐겁게 배우는 마음으로 시험에 임할 수 있었다. 그리고 3월 13일, 2주 만에 메일이 왔다. 결과는 평균 85%의 득점률로 합격! 너무도 감격스러웠다.

MLT는 일본인들이 만든 시험이다. 그래서 일본인들에게 더 잘 알려져 있다. 처음에는 마치 일본이 돈을 벌기 위한 수단으로 시험을 개발한 것이라고 생각했었다. 그러나 시험 창업자를 만나 이야기를 한 뒤에 생각이 많이 바뀌었다. 이들도 '하지 않아도 되는 일'을 기꺼이 하고 있었다. '토모히로 야마우라'라는 시험관리자와의 짧은 대화를 통해 MLT의 탄생 배경에 대해 알 수 있었다. MLT는 본래 미얀마어 원어민 교사를 미얀마의 외국인들에게 중개해 주는 사업에서 파생되었다. 그러다 시험에 대한 외국인들의 수요를 발견해 시험을 개발하게 되었다고 한다. 도쿄 외국어 대학 미얀마어 학과 교수의 자문으로 시스템을 갖추고 문제들을 기출하고 있다고 한다. 내 또래로 보이는 그는 젊은 나이에 창업에 대한 도전 정신이 강해 보였다. 앞으로 미얀마가 더욱 유명해지고 세계 속 위상이 높아졌을 때, 외국인들을 대상으로 하는 공인 언어시험이 반드시 필요할 거다. 그럴 때 먼저 노하우를 축적해 온 MLT를 찾지 않을까? 오늘날 전 세계 외국인들이 한국에 오기 위해 치르는 한국어공인시험도 처음에는 이렇게 작은 움직임으로 시작하지 않았을까 싶다. 나도 미얀마인들에게 반드시 필요하지만 당장 시작하긴 어려운 것들을 만들어갈 수 있는 개척자의 길을 준비해야겠다고 마음먹었다. 이후 나는 9월 28일 M1급수를, 2018년에 미얀마에 다시 와서 M2 급수를 취득했다.

한국 설날에 양곤 민속촌에서 미얀마 어린이들과 함께

현지 직원과 일하며 배워가는
미얀마 민족 이야기

　　내가 KOICA 미얀마 사무소에 2개월간 출근하며 만나게
된 미얀마 직원들은 미얀마에서의 KOICA 사업이 원만하게 돌아
갈 수 있게 하기 위해서 없어서는 안 될 존재들이었다. 활동 물품
및 주거지 지원에서부터 은행 업무, 현지 정부 기관과의 의사소
통 등 미얀마 사람들에게는 익숙하지만 외국인에게는 어려운 각
종 행정 업무를 지원하고 있다. 한 마디로 미얀마와 KOICA 사이
의 경계를 녹여 주는 접점(interface) 역할을 하고 있는 것이다.

　　내 책상 왼쪽에는 현지 직원 두 명이 근무하고 있었다. 둘
다 미얀마의 만달레이 외국어 국립대학에서 한국어를 전공해 한
국어로 의사소통하고 업무를 처리하는 데 능숙하다. 가끔은 이
들이 한국인으로 느껴질 정도였다. 우리는 서로를 '세야(마)(한
국어로 '선생님')'라고 부르며 지냈다. 학습자 및 실전 중심 학습이
라고 할까? 상대방에게 던지고 싶은 메시지의 의미는 가슴속에
웅얼거리는 데 그 사람들이 이해할 수 있는 언어로 표현하지 못
할 때 그 답답함은 이루 말할 수가 없다. 나는 매일 아침 이들에

게 어제 있었던 일들을 공유하는 방식으로 미얀마어를 배워 나가려 했다. 나는 배운 어휘로 최대한 표현하려 노력하고, 선생님들은 내가 전하고 싶은 의미를 미얀마어로 알려 준다. 그럼 나는 그걸 종이에 적고 온종일 입에 웅얼거린다. 점심시간에는 청소원 아주머니나 운전기사 아저씨들에게 배운 표현을 연습한다. 처음 배운 표현들은 '뭐 하고 있어요?', '도와줄 거 있어요?', '이거 빌려줄 수 있어요?', '미얀마어 같이 연습해 주세요', '-과 친해지고 싶어요' 같이, 내가 먼저 다가가기 위한 표현들 위주다. 결국 언어는 상대방에게 한 발짝 다가가고, 도움을 청하기 위한 몸짓의 일부라는 생각이 들었다.

미얀마 신문을 보다가 한국인의 시각에서는 이해하기 어려운 개념이나 더 알고 싶은 부분이 있으면 바로 물어보기도 한다. 예를 들어 최근에는 옆의 남자 현지 직원에게 "미얀마에도 태권도 같은 스포츠 있어요?"하고 물어봤다가 미얀마에서 '반도(bando)'라고 부르는 전통무술이 있다는 걸 알게 됐다. 또 영자 신문에서 발견한 흘룻또(Hluttaw)와 땃마도(Tatmadaw)라는 단어가 각각 미얀마의 '의회', '군사집단'을 의미한다는 걸 알게 됐다.

어느 날은 미얀마의 불교문화에 대해 이야기 하는데, 그 남자 현지 직원은 불교를 마치 남의 이야기처럼 말하는 것 같았다. 왜 그런지 물어보니, 자신은 '하나님을 믿는 기독교인'이라고 한다. 그리고 나는 그가 친(Chin) 민족 출신이라는 걸 알게 됐다.

우리나라에서는 그냥 한국인이면 한국인인 줄 아는데, 여기 국민은 미얀마 국민이면서 그 뒤에 어디 민족 사람인지 소개하는 단어가 하나 더 붙는다는 특징이 있다. 그 이유는, 미얀마인의 정체성을 구성하는 데 핵심인 '민족'이 단 하나가 아니기 때문이다.

미얀마는 가장 많은 수를 차지하는 버마 민족(전체 인구의 약 68%) 외에 약 135개의 크고 작은 소수민족들로 구성되어 있다. 샨족, 카렌족, 친족, 카친족, 몬족은 버마족 다음으로 가장 많은 수를 가진 민족들이며 국가에서 각 민족의 이름으로 주(State)를 지정하고 있다. 버마족 대다수와 소수민족들이 뒤섞여 사는 나머지 지역들은 분할지(Division)로 구분하여 관리하고 있다. 친 민족은 미얀마 북서부 국경 쪽에 위치한 산간지역인 친 주(Chin State)에 모여 산다. 이 지역은 미얀마에서 라카인주와 함께 가장 빈곤한 지역으로 분류되며, 앞으로 수많은 과제가 놓여 있다. 기독교가 주를 이루는 친족 또한 버마족이 주를 이루던 미얀마 군부 정권 때부터 반정부 운동을 해 왔고, 버마 군인들에게 많은 핍박을 받았다. 1960년대부터 많은 친 민족 사람들이 난민 지위를 얻어 미대륙과 유럽 및 아시아 각지로 이민을 떠났다.

이렇게 민족 이름으로 지역의 경계를 짓는 게 의미가 있을까 싶은 생각이 들었다. 어차피 모두 다 같은 국가에서 동등한 시민권을 부여받는 국민이고, 비록 그 구성 비율은 달라도 모두 각 지역에 뒤섞여 살아가기에 딱 잘라서 어디 민족 동네라고 구분할 수 없을 것 같기 때문이다. 중요한 건, 미얀마가 미국이나 영국처럼 연방주의(federalism) 구현을 추구하고 있다는 거다. 중앙 정부가 국가 전체를 관할하되, 각 지역 정부가 자치권을 갖고 지역을 관리하며 국가 권력의 균등한 분배를 통한 민주주의 국가 구현을 꿈꾼다. 하지만 이제 막 2010년에 군부정권의 꼬리표를 뗀 미얀마는 민주주의를 위해 나아갈 길이 멀다. 아직까지 중앙집권적인 권력을 이루고 있으며 지방정부의 자치 역량은 약하다. 이러한 발전 과정을 돕고자, UN 기구 및 국제단체들이 미얀마 현지 정부 및 연구소 등과 협력하는 다양한 사업과 연구를 진행해오고 있다.

나도 앞으로 학습자의 마음으로 미얀마의 다양한 발전과제들을 배우면서, 미얀마 국민들과 함께 평화와 번영을 향해 함께 협력해 나갈 수 있는 길을 모색해 나가고 싶다는 꿈을 꾸게 되었다.

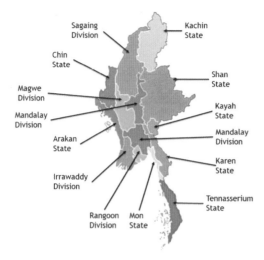

위) 미얀마 지도 ⓒ Saraniya Dhamma Meditation Center 홈페이지
아래) 양곤 국립박물관에 전시된 다양한 미얀마 민족들과

생(生)과 사(死)를 함께하다

미얀마에 있는 동안, 나는 익숙함과 스스로 지운 의무에서 벗어나고자 매일 새로운 시도를 해나갔다. 그 원리는 간단했다. 가슴을 따르는 거다. 그리고 그 결과는 나를 더욱 자유롭고 인간답게 만들고 있었다.

퇴근길, '집에 가서 책도 읽고 미얀마어 공부도 해야지' 하며 마음먹고 사무소를 나오는데 입구에 여자 현지 직원 한 명이 서 있었다. 어디 가냐는 물음에 병원에 간다고 하길래, 왜 가냐고 다시 물었더니 우리 사무소에서 미화원으로 일하는 현지직원 L의 아버지께서 위독하셔서 병문안을 가는 거란다. 평소 같았으면 나는 그 순간 '어 그래? 잘 갔다 와' 하고 내 길을 갔을 거다. 그러나 내 가슴은 같이 가보자고 이미 마음을 먹고 있었다.

누군가의 병문안을 가본 적이 거의 없다. 지인 가족의 장례식장에도 가본 적이 없다. 그러나 이 순간 내가 속한 공동체 구성원의 가족이 위독하다는 사실을 그냥 지나치고 싶지 않았다. 내일 한국 직원들이 방문한다고 했지만, 오늘이 아니면 안 될 것만 같았다. 그 현장에서 가족들의 아픔을 함께 나누고 싶었다.

현지 직원 둘과 함께 차를 타고 양곤 외곽에 있는 병원에 도착했다. 나의 첫 미얀마 병원 방문, 어떤 모습일지 궁금했다. 치료비가 거의 무료인, '삐뚜 세웅(Geeneral Hospital)'이라 불리는 미얀마 국립병원의 모습은 정말, 정말 열악했다. 병원 입구부터 사방 곳곳 바닥에 환자들이 방치되어 있었다. 양곤에서 가난하고도 아픈 사람들이 모두 모여 있는 것 같았다. 나중에 정보를 찾아보니 미얀마의 의료 서비스는 너무도 열악했다. 먼저 현지 의사들의 수가 너무 적다. 인구 10만 명당 약 61명의 의사(2012 자료)로는 턱없이 부족하다. 의사 1명당 약 1,670명을 감당하고 있는 것이다. 이런 현실에도 불구, 미얀마 정부는 의과 교육의 질을 높이기 위한 방편으로 의대 학생들 수를 줄이고 있었다. 2012년 의대 학생 수는 2,400명에서 1,200명으로 절반이나 줄었다.

이런 상황에서 당연히 의료 서비스가 모든 계층에게 골고루 공급되기가 어려울 게 뻔하다. 2012년 통계에 따르면 병원에서 사망에 이르는 환자들의 22.5%는 감염, 17.1%는 혈관질환, 12.3%가 임산부 질환 등의 순으로 많다. 발병 시 즉각적인 대처가 필요한 병들이다. 내 눈으로 상황이 악화되는 것을 보는데 아무것도 할 수 없다는 사실이 너무 안타까웠다. 이렇게 미얀마 국민들의 삶의 생사가 직접적으로 연관된 의료분야에도 우리나라 정부가 도움을 주면 좋겠다. 용돈을 조금씩이라도 모아서 이곳의 환경을 개선하는데 기여하자는 마음을 먹은 계기가 됐다. (결국 다짐대로 하지는 못했지만, 이후 NGO 봉사단으로 미얀마 아동들의 구순구개열 수술 지원을 위해 활동할 수 있어 감사했다.)

　　L의 아버지께서 누워 계신 병실에 따라 들어갔다. 의식을 잃은 채 링거와 소변 호스만 끼고 있는 아버지를 보자마자 나는 마음이 무거워졌다. 마치 내 아버지인 것처럼 슬퍼졌다. L의 아버지는 전날 새벽에 갑자기 쓰러져 지금까지 일어나지 못하고 있었다. 원래 당뇨가 있었는데 갑자기 혈압이 높아지면서 뇌출혈이 발생한 것이다. 찾아보니 뇌출혈은 발생 직후 3시간의 골든타임 내 응급조치를 취해야 회복 가능성이 높아진다고 한다. L의 아버지는 이미 하루 반나절 이상을 누워 계셨기에 이미 상황은 악화될 대로 된 상태였다.

　　가족을 곁에 두고 떠나지 않기 위해 의식적으로 깨어나려 하는 그의 외로운 사투가 느껴졌다. 같이 온 직원들이 나보고 종교를 물었다. L의 가족은 모두 기독교인이다. 아버지를 위한 기도를 하려는 데 다른 직원들은 자신이 불교라서 못하고, 나보고 하려면 하라고 했다. 누군가를 위한 희망을 비는 데 종교가 무슨 상관일까? 나는 성큼 다가가 아버지 앞에서 L의 가족과 함께 눈을 감고 기도를 했다. 직감적으로 생사를 오가는 환자에게 필요한 것은 지속적인 사랑과 관심의 표현, 그리고 믿음과 의지라는 걸 떠올렸다.

　　L의 아버지가 삶에 대한 의지를 놓지 않도록, 지속해서 신체 감각을 자극하고 대화를 거는 게 중요해 보였다. 즉시 나는 L의

아버지 곁에 앉아 수족을 주무르기 시작했다. 앙상하게 뼈만 남은 그의 다리를 만지며 가슴이 더 미워졌다. 그의 손을 잡아 주무르기 시작했을 때, 나는 순간 울음이 날 것 같았다. 그가 내 손을 강하게 쥐어 잡았기 때문이다. 그에게는 아직 의식이 있고, 깨어나기 위해 온몸으로 애쓰고 있다는 증거였다. 의지만 있다면 신체적 고통을 이겨내는 기적도 나타날 거라는 믿음이 생겼다. 속으로 '당신은 일어날 거예요, 일어날 수 있어요'라고 외치고, 미얀마어로도 '선생님, 일어나세요.'를 반복해서 말했다. 가족들에게 그가 곧 일어날 거라고 확신 있게 말하며 병원을 빠져나왔다. 처음 만난 L의 가족들은 어느새 내 가족의 일부처럼 느껴졌다.

　　L은 내가 이곳에 올 줄 몰랐다며 너무 놀라 하는 눈치였다. 그러면서 계속 고맙다고 했다. 그러나 이런 자리에 동참하여 가슴을 나누게 해 준 그녀에게 나는 더 고마웠다. 사무소 밖에서 처음 모인 우리는 L을 데리고 굶주린 배를 채우기 위해 병원을 나와 근처 식당에 자리를 잡았다. 이날 저녁 우리는 잠시라도 슬픔을 잊고 다 같이 배부르게 먹었다. 그리고 내가 모든 비용을 지불했다. 전혀 망설임도 거리낌도 없이 행해진 나눔이었다. 미얀마에 처음 와서 현지 가족들의 일부가 되어 버린 다른 단원들을 보면서, 나도 과연 이곳에 가족 같은 친구들이 생길까 의심하던 때가 있었다. 그러나 내게 이렇게 멋진 친구들이 생길 줄 정말 몰랐다. 그러니 이 순간 자체가 내겐 선물이자 축복이었다. L의 아버지를 위해 온 가슴으로 기도한다.

2017년 3월 4일 토요일 새벽, 고통스러운 시간을 넘어 L의 아버지께서 운명하셨다. 끝까지 견디며 일어나길 소원했는데, 너무도 힘드셨나 보다. KOICA 사무소 현지 직원들과 함께 월요일 아침 사무소 차를 타고 장례식장에 참석했다. 미얀마에서 처음으로 참석해 보는, 그것도 소수를 이루는 기독교 미얀마인들의 장례식이었다. 공동묘지와 함께 사람들이 모여 식을 치를 수 있는 회관이 있었다. 사람들이 모여 앉아 목사님의 성경 말씀을 듣고 찬양의 노래를 부른다. 나는 알아들을 수 없어 답답했지만 사람의 생과 죽음, 그리고 행복에 대해서 이야기하는 것 같았다. 말씀이 끝나고 사람들이 L의 아버지가 잠든 관을 들고 나가기 시작했고, 우리들은 그 행렬의 뒤를 따랐다. 건물 뒤에 마련한 묘소에 L의 아버지가 눕혀졌다.

　　마지막 찬양의 인사와 함께 사람들은 떠나고, 어디선가 허름한 모습의 목수가 오더니 관의 뚜껑에 못을 박는 작업을 시작했다. 사람이라는 존재가 세상에 나서 살다가 외롭게 관 속에 갇히는 모습을 보며 허무함이 들었다. 그의 영혼은 어디에 숨 쉬고 있을까? 육신은 모습을 잃어버리고 사라질 것이다. 나는 저 관 속에 있는 존재가 나라는 상상을 하며, 오늘 이 순간을 보다 열린 가슴으로 사랑하는 데 바치리라 다짐했다. 아버지를 떠나보낸 L의 마음은 어떨까? 그 슬픔이 외롭지 않게 내가 곁에 있어 주고 싶다.

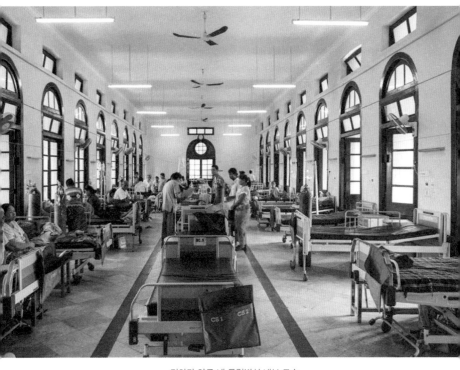

미얀마 양곤 내 국립병실 내부 모습
© building.co.uk

모힝가 국수 가게 아줌마는 나의 엄마!

양곤에 있는 동안 내 눈은 새벽 6시면 떠졌다. 스트레칭으로 굳은 몸을 풀어 주고, 샤워를 한다. 준비를 마치고 밖을 나오면 7시쯤 된다. 집 근처 버스 정류장에서 폐차 직전의 한국산 중고 버스인 29번 시내버스를 타고 5번째 정류장에 내리면 사무소가 위치한 길의 시작점이다.

차들이 쌩쌩 달리는 웨쟈얀다(Way Zar Yan Dar) 거리를 걷다가 자주 가는 길거리 식당에 도착할 즘이면 나를 알아보고 인사해주는 사람들이 나타난다. 식당에 자리를 잡고 앉아 자주 먹는 미얀마 국수 '난 지 또욱(땅콩가루와 고기가 들어간 비빔국수)' 또는 '모힝가(메기 고기를 끓여 만든 쌀국수)'를 주문한다. 주인아줌마 가족들이랑 이런저런 안부를 물으며 오순도순 밥을 먹다 보면 일찍 밥을 먹고 사무소에 가서 미얀마어 공부를 하려 했던 계획은 어디 가고 아줌마가 주는 친절에 엉덩이를 붙이고 만다.

그렇게 가게의 단골이 되어가던 어느 금요일 아침, 가게에서 밥을 먹는데 아줌마가 "점심엔 무얼 먹니? 미얀마 밥이랑 반찬 먹을래?"라고 먼저 제안하셨다. 처음에는 정말인가 싶어 귀를 의심했다. 길에서 만난 외국인 손님에게 사적으로 만남을 요청하다니… 동시에 아줌마가 나와 본인의 삶을 공유할 마음을 가져준 것에 대해 너무 감사했다. 약속 시간에 이미 문을 닫은 아줌마 가게 앞에 가니 아줌마께서 나를 기다리고 계셨다. 아줌마를 따라간 곳에는 식당 하나가 있었는데, 점심시간이라 사람들이 가득했다. 아줌마는 자신의 친척들이라며 주인 내외를 소개해 주셨다. 그러고는 잠시 나보고 자리에 앉아 있으라더니 빠른 몸놀림으로 가게 일을 돕기 시작하셨다. 앉아서 바라보는 아줌마 모습이 마치 우리 엄마 같아 보였다. 늘 바쁜 일로 자식인 나를 기다리게 했던 엄마에게, 어렸던 나는 화를 많이 냈었다. 그런데 지금 나는 다른 누군가를 기다리는 일에는 너무도 쉽게 인내하고 있었다. 앞으로 엄마에게 보다 너그러운 딸이 되고 싶다. 아줌마의 챙김으로 푸짐한 미얀마 반찬에 밥 두 그릇을 비우고 아줌마의 어린 아들이랑 놀고 나니 배뿐만 아니라 가슴까지 포만감으로 차올랐다.

　　어느 순간부터 아줌마는 내가 가게에 오면 내가 아무리 주려 해도 음식값을 받지 않으셨다. 우리 사이에 돈으로 계산하는 주인과 고객의 관계가 무의미해졌다는 의미였다. 가족한테 밥을 준 대가로 돈을 받는 게 좀 이상하지 않은가. 나는 어느새 아줌마의 소중한 가족이 되어 있었다. 그 뒤에는 아줌마 집에도 종종 놀러 가 아기도 돌보고, 같이 쉐다곤 사원(Shwedagon Pagoda)에도 방문했다. 원래 외국인은 무조건 입장료 만 짯을 내야 한다. 그런데 아줌마 가족과 같이 갈 때는 나도 미얀마인으로 보였는지, 현지인들처럼 무료로 입장할 수 있었다. 마치 내가 미얀마 사람이 된 기분이었다. 이렇게, 미얀마에서도 내가 기댈 수 있는 가족이라는 울타리가 생겨나고 있었다.

내가 제일 좋아하는 미얀마 음식, 모힝가

매일 아침 세상에서 제일
맛있는 모힝가를 만들어 팔던
모모 아줌마

아줌마 가족과 함께 방문한
양곤의 쉐다곤 사원

양곤 주민들에게 정말 필요한 것은

어느덧 2017년의 3월이 지나고 미얀마의 봄이 시작되는 4월이 왔다. 한국에서는 봄이지만, 이곳 날씨는 한국의 여름과 비슷했다. 이곳에 있으면서 긴 여름에 익숙해져야 했다. 점점 더워져서 어느 순간부터는 야외활동을 할 때마다 나도 모르게 인내심을 시험하게 된다. 예전에는 출퇴근하며 만나던 교통정체, 자동차 경적 소리, 자기가 먼저라고 들이대는 자동차들을 만나면 대수롭지 않았다. 그러나 이제는 나도 모르게 속으로 욕을 하거나 짧게나마 신경질적인 고함을 지르고 있었다.

미얀마에 오고 나서 대학원에서 개발정책을 공부하겠다는 확신을 가졌던 과정들이 다시 생각나고는 했다. 2011년 나의 첫 해외 여행지는 몽골 수도 울란바토르(Ulaanbaatar)였는데, 당시 질서 있고 쾌적한 도시를 만들어 나가자며 대학선배와 신나게 이야기를 나누던 것이 그 시작이었다. 2013년 태국, 라오스, 미얀마의 시골 지역을 여행하면서, 모든 사람이 공평하게 공공 서비스를 제공받고 아이들이 양질의 교육을 받을 권리를 보장해야 한다고 생각했다. 2014년 미국 교환학생 프로그램을 마친 후 페루의 수도 리마(Lima)에 지냈었는데, 당시 대중교통 체계가 복잡하고 무질서했다. 페루 국민들은 매일 출퇴근 시간에 길 위에서 장시간 에너지 소비하는 고충을 느끼고 있었다. 이러한 경험을 통해, 한 나라가 성장하기 위해서는 일하는 국민들이 편안하고 행복해야 하고, 이를 위해서는 국민들에게 건강한 공공 서비스가 제공되어야 한다는 걸 느꼈었다. 그 짧았던 여행에서 얻은 오감의 체험은 나의 이상과 철학을 변화시켰고, 한국에 돌아와서 나의 삶을 조금씩 변화시켜 나갔다. 2015년 1월 13일, 나는 내 꿈의 청사진을 생생히 그렸다. 그 후 2년 만에 내 꿈을 실현시키는 훈련을 위해 미얀마라는 나라에 다시 돌아온 것이다.

그동안 약 3개월 간 양곤을 구석구석 돌아보면서 사람들의 삶의 모습을 관찰할 수 있었다. 가장 먼저 내 관심을 끈 건 열악한 대중교통 체계였다. 시내버스 이용료는 200짯으로 아주 저렴한 편이지만, 금전적 여유가 있는 외국인이나 현지인이라면 붐비는 시간에는 결코 시내버스를 타지 않고 택시를 이용할 것이다. 대중 버스의 90% 이상이 한국과 일본에서 온 오래된 중고 차량이다. 한국에서 사용되던 노선 안내가 그대로 붙어 있다. 공공 서비스에 활용되는 운송수단은 모두 안전 기준을 철저히 검사 받고 안전관리에도 철저해야 하는데, 대부분의 시내버스는 정부의 규정을 덜 받기에 안전에 대한 책임감을 기대하기가 어렵다. 나

위) 미얀마 해상교통의 중심지 양곤 하구의 갈매기떼
아래) 온갖 학원들이 모여 있는 양곤의 노량진 고시촌, 흘레단(Hledan)

I. 밍글라바! 미얀마에 둥지를 틀다

는 그동안 버스 사고를 본 적도 겪은 적도 없지만, 출퇴근 시간에 버스를 타면 늘 안전에 위협을 느꼈다. 운전기사는 탑승자는 안중에도 없다는 듯이 도로를 질주했다. 아무리 운전에 능숙해도 그 실력만 믿고 무법 질주를 허락해 줄 수는 없다. (2018년부터 정부 주도로 공공버스 운행 규제가 강해지고, 많은 대중 버스가 에어컨이 장착된 중국산 새 버스로 교체되면서 대중교통의 질이 좋아졌다.)

어느 날은 운전기사가 몇 km로 달리는지 궁금해서 앞으로 다가가 봤더니 글쎄 운전 계기판이 고장 나 있는 게 아닌가… 현재 운전하는 속도도 모르고 달리는 버스 기사와, 대중 버스의 상태에 대해 관심이 없는 공공행정 모두가 상호 책임이 있다고 본다. 또한 미얀마 현지에서 안전사고와 환경오염을 일으킬 우려가 있는 불량 차량을 파는 수출국들의 사회적 책임이 요구된다. 수출국 정부 차원에서 수출업자들을 규제해 수출 전 차량 점검 및 기본 수리를 마칠 수 있도록 유도해야 한다. 이러한 규제를 만들더라도 규제 대상자들이 규제를 따를 동기 및 유인책을 제공하는 것이 정부의 역할이기도 하다.

양곤 주민들의 공공 위생시설 및 주거환경에 대해서도 관심을 갖고 들여다보았다. 주말마다 얀킨 타운십(Yankin Township)에 사는 현지인 친구 집에 자주 놀러 가며 미얀마 현지 가정집을 체험할 기회를 얻을 수 있었다. 양곤은 대부분 큰 도로의 골목 뒤로 주거지가 조성되어 있는데 최신식 콘크리트 빌라에서 버마식(Burmese) 나무집까지 아주 다양하다. 대부분 일반 서민은 버마식 나무집에 살고 있다. 미얀마 집은 대부분 옆보다 앞뒤로 길게 생겼고, 더운 날씨 때문인지 천장이 높다는 특징이 있다. 그래서 천장을 제때 청소해 주지 않으면 거미줄과 먼지가 쌓인다. 집마다 우물 또는 큰 물통이 있는데 그곳에는 항상 물이 가득 담겨 있다. 그 물로 설거지도 하고, 샤워도 한다. 샤워를 할 때는 대부분 헌 전통치마 롱지(Longyi) 몸에 두르고 바가지로 물을 끼얹으며 한다.

미얀마 양곤 시내의 배수 시설은 1800년대 말에 영국 정부가 당시 기술로 파이프 배수 시스템을 지은 이래로 변화 없이 그대로 유지되고 있다고 한다. 당시 약 4만 명의 양곤 시민을 위해 지어진 시설이 현재 그 133배 이상이 된 인구(2020년 양곤 도시권 인구는 약 533만 명)의 집에서 나오는 폐수를 소화하기에는 역부족일 거다. 최근 일본 정부가 정화 기계를 지원했지만 이는 턱도 없이 부족하다고 한다. 무엇보다 전체 시스템을 바꿔야 하는데, 한 나라 혼자서 그 많은 비용을 감당할 수 없는 규모다. 시민들과 도시 당국에 가장 긴급한 해결 과제를 위해 미얀마의 여러 국제 기부 파트너들이 손과 머리를 맞대면 얼마나 좋을까 싶었다. (현재 일본 무상원조기구 JICA 등이 미얀마 양곤의 배수시설 개선을 위해 사업을 하고 있다고 한다.)

한국과 KOICA의 미얀마 사업은 대부분 미얀마의 교통인프라, 농촌 및 지역개발, 직업기술 교육 등에 초점이 맞춰져 있다. 과연 내가 할 수 있는 일은 무엇일까? 지금 내가 가진 위치를 인정하는 것부터 해결점을 찾는 고민이 풀리기 시작할 거다. 아무리 정부 차원에서 이렇게 헤야 한다고 불평해도 내 목소리가 정책 결정자의 귀에 들릴 가능성은 희박하기 때문이다. 현지 국민의 삶과 가장 밀접한 연관이 있는 사업에 한국이 참여할 수 있도록, 나와 같은 봉사자들과 지역 주민이 힘을 합쳐 협력하며 그 가능성과 소망을 보여 줘야 할 필요성을 느낀 나날들이었다.

오래된 양곤의 수도관

위) 양곤 내 공원의 현지인 풍경
옆) 양곤의 도로와 그 뒤로 보이는 사원

I. 밍글라바! 미얀마에 둥지를 틀다

양곤의 뒷골목을 변화시켜 나가고 있는 에밀리와의 만남

쓰레기 처리는 한 국가의 도시가 성장하면서 반드시 해결해야 하는 과제다. 경제가 성장할수록 쓰레기의 규모는 점점 늘어난다. 사기업들이 온갖 포장 재료로 제품을 생산 및 판매하고 소비자들은 무의식적으로 끊임없이 소비하고 버리기 때문이다. 도시가 인공적 시스템을 갖춰 나갈수록 자연 순환계와 단절된다. 따라서 음식물 쓰레기 또한 땅으로 돌아가지 못하고 도시 안에 체류하며 악취를 만들어 간다. 결국 도시의 공공행정가는 도시 안에 끊임없이 증폭되고 체류하는 쓰레기가 모두 수집되고, 땅으로 돌려보내지거나 재사용될 수 있도록 체계를 만들 숙명을 안게 된다. 그러나 대부분 개발도상국의 도시는 이러한 문제 해결에 집중할 여지가 없다. 이미 해결할 다른 긴급한 사안들이 눈앞에 닥쳐 있기 때문이다.

현재 양곤은 'YCDC(Yangon City Development Committee)'라는 '양곤 도시개발 위원회'가 쓰레기 처리를 담당하는데, 가장 큰 문제는 쓰레기 수집 및 처리에 근무하는 인력의 업무 역량 수

준이 낮다는 점이다. 아침마다 형광 유니폼을 입은 청소부들이 리어카에 빗자루, 걸레 등 청소도구를 싣고 맡은 구역을 걸어 다니며 쓰레기를 쓸고, 마을 골목 곳곳에 놓인 주황색 쓰레기통을 청소한다. 마을 곳곳에서 나온 쓰레기들이 모인 통에는 나뭇가지, 음식물, 전자기기, 목재 등등 종류도 가지각색이다. 아직까지 분리수거 시스템이 정착되지 않았다. 저걸 다 분리하고 처리할 걸 생각하니 내가 다 머리가 아팠다.

청소부들이 지나간 자리는 겉으로 깨끗해 보였지만 여전히 하수구 안은 쓰레기가 둥둥 떠다니는 등 크게 달라진 점이 없어 보였다. 내일이면 청소 전 똑같은 상태로 돌아올 것이었다. 가장 현장과 밀착되어 일하는 직원들은 공공서비스에 종사하면서도 가장 하급의 대우를 받고 있는 듯했고, 자신이 맡은 업무에 대한 충분한 이해가 없어 보였다. 자신이 해결해야 할 업무의 범위가 어디서부터 어디까지인지, 어떻게 상황을 개선시킬 수 있는지에 대한 명확한 인식이 있는 걸까 싶었다. 만약 그렇지 않다면 시 당국은 이러한 인력을 모아 놓고 정기적으로 교육 및 기술 훈련의 기회를 제공해야 할 것이다.

미얀마의 쓰레기 및 환경 문제에 관한 보다 자세한 정보를 검색하다 보니 미얀마 내에서 이미 이루어지고 있는 환경 개선 운동 사례들을 학습할 기회를 가질 수 있었다. 어느 날 KOICA 현지 직원 중 한 명이 내가 도시 쓰레기 문제에 관심 있다는 걸 알고 지역 신문에 보도된 한 사례를 소개해 줬다. '에밀리(Emily)'라는 이름의 네덜란드 출신의 한 여성이, 주민들이 버린 쓰레기로 가득한 양곤 시내(downtown) 17번가 주거지 뒷골목에 크라우드 펀딩(Crowd Funding)을 활용하여 아름다운 벽화와 정원을 조성한 사례였다. 거주민들의 책임이 결여되기 쉬운 '공유지의 비극(Tragedy of the Commons)'을 해결하고자 지역 공동체와 협력해 인식을 바꿔 나가고 있었다.

그 노하우를 배우고 싶어 주말에 시간을 내 직접 그 장소를 찾아갔다. 에밀리가 이 일을 시작한 계기는 이렇다. 개인 사정으로 아파트를 보수하는데 재정적으로 어려움을 겪던 친구네 가족의 재정 계획 및 디자인 컨설팅을 제공한 후에 친구가 더 나은 상황에 놓이는 것을 직접 목격했다. 역사적 가치를 갖고 있는 낡은 집이 아름답게 변하고 나서 좋은 가격에 임차가 된 것이다. 이후 소문을 들은 주변 지인들은 에밀리에게 비슷한 컨설팅 의뢰를 하기 시작했다. 에밀리는 양곤의 유산지를 보수하는 동시에 사람들의 주거 환경을 지원할 수 있는 기회를 발견했다. 그 뒤로 그녀는 17번가의 한 건물에 사무소 겸 연구소를 운영하며 지역 공동체와의 관계를 발전 시켜 나가고 있다.

한 마디로 내가 평소 꿈꾸던 모습이었다. 내가 가진 재능에 대한 신뢰를 바탕으로 프리랜서로 활동하며 스스로를 재정적으로 뒷받침하는 동시에 일상 속에서는 개인의 이상을 펼칠 수 있는 지역사회 운동을 해나가는 것. 나의 꿈을 눈으로 직접 보면서 앞으로 현재 내가 맡은 일에 성실히 임해 나만의 전문 분야를 쌓아 나가자고 다짐하는 데 큰 힘이 되었다. 에밀리는 4월 초까지 정원을 넓히는 사업 진행을 위해 또 다른 크라우드 펀딩을 진행 중인데, 나도 언젠가 해내겠다는 의지의 차원에서 있는 자금을 조금 모아 기부를 했다. 이렇게 뿌듯한 기부가 있을 수 없었다. 내가 기부한 자원이 어떻게 쓰일지 직접 보았기 때문이다.

장소는 그 공간에 있는 사람들이 그 장소에 부여하는 인식에 따라 관리된다. 아무리 상식적으로는 깨끗하게 관리되어야 하는 공간이라도 지저분하고 쓰레기가 가득 쌓여 있으면 사람들은 그곳을 쓰레기장이라고 인식하고 만다. 이럴 때 외부에서 온 방문객의 인식이 현지 환경을 변화시켜 나갈 수 있는 촉진제로 작용할 수 있다. 나는 외부인으로서 현지 주민들을 설득하고 협력을 이끌어내 변화를 직접 만들어낸 에밀리가 존경스러웠다. 미얀마에는 내 꿈을 빚는 데 도움이 되어줄 멋진 사람들이 정말 많다.

에밀리가 운영하는 단체 Doh Eain 홈페이지 : www.doheain.com

에밀리의 Doh Eain에 의해 재탄생한 양곤 다운타운 뒷 골목에서 체인지 메이커 에밀리와

한국 섬유공장에서 만난
미얀마 노동자들의 삶

MDI 설립 사업에 대해 사무소에서 글로만 만나다가, MDI 설립 사업 수행 기관인 KDI를 따라 미얀마 섬유 산업 현장을 방문하게 되었다. 그동안 내게 있어서 연구는, 도서관에서 이미 기록된 자료를 가지고 문제를 가정한 채로 진행되는 것이었다. 그러나 현장 조사 없는 연구의 진행은 실제 현장의 핵심적인 문제를 놓치기 쉽다. 따라서 연구 주제의 발굴 과정이 전 연구 과정의 절반 이상을 차지할 정도로 중요하다. MDI 설립 프로젝트 매니저를 맡고 계신 G 박사님께서는 미얀마 초기 경제성장을 이끌면서 한국 기업들과도 연관이 있는 영역을 찾다가 미얀마의 섬유산업에 관심을 가지게 되셨다고 한다.

| 미얀마 섬유 산업의 간략한 역사

한국이 1970년대부터 수출 주도 경제성장의 발판을 마련하기 위해 육성한 산업 중 대표적인 것이 섬유이며, 미얀마 인근의 베트남, 인도, 방글라데시 등 국가들도 현재까지 섬유 산업에 상당한 의존을 하고 있다. 미얀마의 섬유 산업 개발은 1988년 외국 투자법 제정과 함께 미얀마 국내외의 해외 투자를 가능하게 하면서 활성화되기 시작했다. 노동집약적이며 수출 지향적인 성격을 가지는 섬유산업은 1990년대 후반에 가장 큰 성장을 보여 1990년부터 2001년 사이 수출량이 69배나 늘었다. 미얀마의 전체 수출에서 섬유 부문이 가지는 비중은 2.5%에서 39.5%로 늘었다. 2000년까지는 미국과 유럽연합(EU)이 미얀마 섬유의 주요 수출국으로서 각각 50%, 40%를 차지했다. 그러나 미얀마의 독재 정권 존속과 마약 문제 및 아동인권의 침해를 근거로 2003년 미국이 경제 제재 조치를 취한 이래로 미얀마 내에 있던 섬유 제조업계는 타격을 받게 된다. 당시 미국 출신 제조업계뿐만 아니라 미얀마에서 제품을 생산해 미국으로 수출을 하던 한국의 제조업계도 큰 타격을 입게 되었다. 우리가 방문한 한국계 섬유 공장의 사장님께서도 그 당시 큰 물결의 직접적인 피해자 중 한 분이셨다.

　　사장님께서는 일생을 섬유제조업에 종사하시면서, 전 세계 노동 시장의 변화와 함께 세계를 떠도셨다. 1990년대 초반 인도네시아 섬유제조업에 진출하셨다가 당시 수입쿼터제(Import Quota, 상대적으로 열세인 수입 항목을 분류하여 일정량만 들여옴으로써 자기 나라의 농수산물이나 기타 제품을 보호하는 제도)가 없던 이점을 이용해 1998년 미얀마에 공장을 처음 세우셨다. 당시 미국 소비시장을 겨냥하던 공장은 2003년 미국 경제 제재와 함께 급작스

럽게 문을 닫을 위기에 처했다. 그러다 2009년부터 한국 내수 브
랜드 제품 하청 공급으로 방향을 재정립해 지금까지 공장을 운
영해 오고 계신다. 한국은 1988년부터 미얀마에 대한 일반 특혜
관세(GSP, Generalized System of Preferences) ―개발도상국의 수출
확대 및 공업화 촉진을 위해 선진국이 개발도상국으로부터 수입
하는 농수산물 및 공산품 등에 대하여 무관세의 적용 또는 저율
의 관세를 부여하는 관세 상의 특별대우를 말한다― 혜택을 정
지했다가 2016년부터 일시적인 해지를 통해 미얀마로부터의 수
입 활동이 보다 자유로워졌다고 한다.

2011년부터 미국, EU, 호주, 캐나다 등으로부터 주요 경
제 제재 조치가 완화되거나 철회되면서 미얀마 섬유 경제는 회
복 단계에 접어든다. 아직까지 미국과 미얀마 간의 거래는 없지
만(2017년 기준), 유럽은 GSP 제도를 재기하여 미얀마와의 거래량
이 점점 늘어나고 있다고 한다. 현재 미얀마 섬유업계는 지속적
인 개혁과 변화를 겪으며 성장해 나가고 있고, 경제 제재 기간 일
본과 한국이 점유하게 된 미얀마 섬유 시장에는 더 다양한 투자
자들이 유입하고 있다고 한다. 그러나 여전히 미얀마에서의 섬
유 산업은 생산성이 낮고 부가 비용이 높아, 외국 기업이 선호하
는 투자 대상지는 아니라고 한다. 미얀마 현지의 경제 환경 및 법
적 제도가 재정비될 필요가 있어 보였다.

현재 미얀마에는 MGMA(Myanmar Garment Manufacturers
Association)이라는 미얀마 섬유 제조업자 연합이 있어 제조 환경

및 노동 환경 개선, 수출 촉진 전략 공유 등 다양한 상호 지원 활동을 펼치고 있다. 현재 회원은 2014년 기준 65개며, 대부분은 중국, 한국, 태국, 미얀마 업체다. 미얀마 업체의 비율은 아직까지 높지 않다. 중국은 원자재 자체 공급부터 자국민 노동력 사용 등으로 다른 업계보다 훨씬 뛰어난 경쟁력으로 겨루고 있었다. 이 공장에서 사용하는 대부분 섬유 원자재도 중국산이라고 한다. 사장님은 미국의 경제 제재 기간 미얀마 섬유업계는 중국이 지배했으며 미국은 미얀마 시장을 놓친 꼴이 되었다고 말씀하셨다. 현재 중국은 미얀마 내 석유 자원 개발에도 개입하며 미얀마에서 추출된 원유를 자국으로 매입하고 있다.

| 섬유산업 노동자들의 인권

현재 미얀마에는 300여 개의 섬유 공장이 있고, 약 23만 명의 노동자들이 근무하고 있다. 내가 방문한 공장에도 약 천 6백 명의 노동자가 근무하고 있었는데 사장님을 따라 들어선 공장 내 끝이 보이지 않는 작업라인의 규모에 적잖이 놀랐다. 숙련된 미얀마 일반 노동자의 최저임금은 법에 따라 하루 8시간 노동 기준으로 한 달에 약 10만 8천 짯 이라고 한다. 일주일 40시간 일한다고 했을 때, 한 시간에 약 2천 7백 짯을 받는 것이다. 초과근무를 하니 그보다 더 적을 거다. 그래도 이게 최근 몇 년간 약 33%가 오른 가격이란다. 미얀마에서 법적으로 허용되는 초과근무 시간은 최대 44시간(하루 8시간, 토요일 4시간 기준)이며, 국제노동기구

(ILO)에서 권고하는 최대 노동 시간인 1주 60시간(평일 하루 12시간)으로의 감축을 목표로 하고 있다.

2013년 처음으로 최저임금법을 시행했을 때, 당시 제조업계가 감당하기 어려운 금액 발표로 큰 반발을 사, 2015년 현재 가격이 책정되었다고 한다. 그러나 여전히 노동자들이 원하는 일금 5천 6백 짯(한국 돈 3~4천원)에 비해 부족한 상황이다. 최근 미얀마 정부는 최저임금 인상을 위해 국가 최저 임금 위원회를 조직해 철저한 조사와 노동자의 의견을 반영한 임금을 결정할 계획이라고 한다. 당시 미얀마 노동시장에는 퇴직금의 개념은 없고 적은 금액의 해고 수당만 있었는데, 정부는 임금을 올리는 대신 해고 수당을 높게 책정해 법을 재발표했다고 한다. 그래서 제조업자가 공장 문을 닫으면 상당한 위험이 따르는 구조가 형성되어 있다. 그만큼 아직까지도 권위적인 정부의 결정에 따라 경제 시장이 왔다 갔다 하는 불안정한 상황임을 짐작할 수 있었다.

미얀마에서는 본래 15세 미만의 아동을 고용하면 안 되지만, 최근 ILO의 권고로 14세부터 비 위험 직종에 한해 법적 노동에 종사가 가능하다고 한다. 이들은 원칙상 하루 4시간만 근무할 수 있다. 아동들은 자신의 나이와 신분을 확인하는 카드를 발급받는다. 때로 이들은 일을 하기 위해 위조 신분증을 제시해 제조업자들을 어려움에 처하게 하기도 한다. 그래서 최근 제조업자들은 18세 미만의 아동 고용을 피하려 한다고 한다. 미얀마의 인력 수준이 어떠냐는 박사님의 질문에, 사장님은 미얀마 사람들이 교육열은 높으나 교육 제도가 엉망이라 제대로 된 수준의 교육을 받지 못했다고 진단하셨다. 특히 1988년 민주화 운동 이후 정부가 대학에 대한 억제를 강화하면서 그 당시의 세대를 잃어버린 것이나 마찬가지라고 하셨다. 고급 인력에 대한 업무 조건 및 보상 체계도 열악해 수준 높은 미얀마 노동 인력이 태국, 싱가포르, 일본, 한국 등으로 떠나가고 있다고 한다.

| 미얀마의 해결 과제

사장님은 미얀마 내 경제 활동을 하는 데 있어 외국 사업자가 겪는 다양한 고충의 현실에 대해 본인이 체험하고 공부한 내용을 공유해 주셨다. 현재 미얀마 경제 법체계는 아직도 식민 시절 구체제에 머물러 있어 현실과는 상당한 격차가 있다고 한다. 1999년 당시 사장님이 미얀마의 상법을 열람했을 때 당시 법은 1921년 인도 상법을 사용하고 있었다 한다. G 박사님 또한 MDI 법인체 설립을 위해 열람했던 회사법도 1915년 버전으로 영국의 관습법을 따르고 있었다고 한다. 이처럼 현지 실상 및 관습에 맞지 않는 법이 사회와 잘 융합되기 어려운 게 당연했다. 또한 미얀마는 오랫동안 정치 권력이 법 제도를 지배하는 것을 허용해 왔기에 국민들이 법을 쉽게 무시하는 것 같다고 예측하셨다.

미얀마에도 민주화가 찾아오면서 질서 유지를 위해 권력이 통하지 않는 시대가 왔다. 미얀마 정부도 앞으로는 국민과 함께 대화로 소통하면서 적절하고 단호한 조치로 국가 질서를 만들어 가야 할 것이다. 이를 위해 객관적인 목소리를 내 줄 MDI 존재의 절실함을 다시 확인했다. (본 내용은 2017년 기준으로 작성 되어 현재 상황과 차이가 있을 수 있습니다.)

미얀마 섬유공장 내부 및 근로자들 모습
© Frontier Myanmar

양곤 롯데호텔 건설 현장을 방문하다

미얀마 내 한국의 경제 활동에 대해 직접 탐험해 보고 싶다는 마음을 품자마자 몇 달 전 페이스북을 통해 인사를 나누게 된 대학원 선배님을 떠올렸다. 당시 선배님께서 롯데호텔 건설 총괄자로 양곤에 주재하고 계신다는 정보를 기억하고 조심스럽게 연락을 드렸다. 선배님께서는 흔쾌히 만남에 응해 주셨고, 나는 설레는 마음으로 달려갔다.

선배님을 통해 나는 공공기관과 사기업이 진행하는 프로젝트를 서로 비교해 볼 수 있는 최고의 기회를 만났다. 선배님 사무실 책상에 마주 앉아 마치 기자가 된 것처럼 나는 사업에 관한 모든 질문을 던졌다. 특히 사업이 진행되는 운영체계 및 참가자들의 관계를 궁금해하던 나에게 선배님은 TV 화면에 사업 소개 자료를 띄워 놓고 직접 상세히 설명해 주셨다. 나는 그 모든 내용을 내가 참여하고 있는 MDI 설립 사업과 연관 지어 흡수했다.

양곤 롯데호텔 설립 사업은 2012년 외국 민간기업으로서 포스코 인터내셔널(POSCO International) 이 최초로 미얀마 정부

부지사용 허가권을 얻어, 해당 부지를 최대 70년간 임차해 운영한 뒤 반납하는 '건설 운영 양도(Build-Operate-Trasfer)' 방식으로 추진되고 있다. 당시 미얀마 정부는 네피도로 수도 이전 후 비어버린 공관 토지 약 30여 개를 입찰에 내놓았다고 한다. 그 당시 포스코 인터내셔널은 현재 호텔이 건설되고 있는 양곤 인야 호수(Inya Lake) 인근의 국방부 소유 토지를 취득했고, 2014년 준공 승인을 받아 착공을 시작했다.

총 사업 규모는 약 3억 4,400만 달러(약 3,800억 원)로 미얀마 호텔 개발사업을 위해 포스코 인터내셔널과 포스코건설, 호텔롯데 등이 '대우 글로벌 디벨로먼트(DAEWOO GLOBAL DEVELOPMENT PTE. LTD)'라는 컨소시엄 법인을 설립해 공동으로 프로젝트를 진행해 오고 있다. 미얀마 '롯데호텔 양곤'의 현지 운영 법인은 '포스코 인터내셔널 아마라(POSCO INTERNATIONAL AMARA CO., LTD)'다. 미래에셋 대우가 사업 자금을 조달 역할을 했으며, 시공은 포스코 건설이 맡아 진행하고 있다. 롯데호텔은 향후 호텔의 전문성을 바탕으로 실질적인 운영을 맡을 예정이다. 포스코 인터내셔널은 프로젝트 입찰 단계부터 호텔 개발 및 운영까지 전 과정을 총괄하는 주관사로 참가하고 있다. 마치 KOICA가 하고 있는 사업 관리자 역할과 비슷하다. 다만 KOICA의 사업 자금은 다양한 이해 주체가 아닌, 한국 정부에서 나온다는 점이 달랐다.

현재 호텔은 공정 약 90% 이상을 달성한 상태로 올해

(2017년) 9월 준공식을 목표로 바삐 달리고 있었다. 현재까지도 지를 활용하지 못하고 방치하고 있는 다른 입찰자들의 상황과는 확연히 다른 진보를 겪고 있었다. 강 하구에 위치한 양곤 시가지가 포화 상태가 되면서 개발 구역이 점점 위로 올라오고 있는 요즘 추세에, 양곤의 중앙에 자리 잡은 롯데 호텔은 앞으로 높은 수요를 가질 것으로 전망되고 있다. 현재 인야 호수 인근에서 명망 높은 호텔은 세도나(Sedona), 멜리아(Melia)지만, 롯데 호텔은 그와 비교할 수 없을 정도로 최고 수준으로 지어지고 있다.

그렇다면 이 거대한 해외투자 사업을 통해 미얀마에 돌아오는 이득이 뭘까? 양곤시에서 본 사업에 대해 많은 관심을 가지고 있냐는 질문에 선배께서는 명쾌하게 답해 주셨다. 외국자본과 기술을 도입해 자국에 방문객들을 위한 최상의 랜드마크(Land Mark)를 유치하고, 무엇보다 현지인들에게 고용 창출의 기회를 낳을 수 있다는 점에서 양곤 지자체는 본 사업에 큰 관심과 기대를 갖고 있다고 한다. 실제로 본 호텔 건설에는 하루 약 2,500여 명의 인부들이 동원되고 있다고 한다. 또한 앞으로 호텔 운영을 위해 약 700명의 현지 직원을 고용할 예정이라고 한다. 전 세계 호텔에서 근무하고 있는 유능한 미얀마인 호텔리어들이 오고 싶어 하는 곳이 될 거다. 얼마나 중요한 사업이면 양곤 시장이 직접 공사 현장 시찰을 나오기도 한다고 한다. '고용 창출'이라는 미얀마 정부의 개발 의제와도 들어맞고 투자자에게도 혜택이 돌아갈 수 있는 사업이어야 추진력을 갖고 활발하게 진행될 수 있음을 깨달을 수 있었다. 우리 KOICA 사업이 현지 당사자들에게 관심과 참여를 얻을 수 있도록 전략을 강구해야겠다고 다짐하는 계기가 됐다.

포스코에 합병되기 전부터 대우와 미얀마가 쌓아온 인연의 시절은 약 25년이다. 포스코 대우는 현재 미얀마에서 가스전 운영 및 호텔 건립에 이어 미얀마에서 생산하는 쌀을 가공한 뒤 수출하기 위한 목적의 미곡종합처리장 사업(2018년 완공)을 추진 중에 있다. 기업의 영리만을 위한 활동 같아 보여도 모두 미얀마 경제 발전에 직간접적인 영향을 미치고 있는 것들이었다. 선배님께서 포스코 대우와 미얀마 관련 사업을 소개해 주는 PR 영상을 보여 주셨을 때 나는 감탄할 수밖에 없었다. 한국어와 현지어 음성 지원이 모두 가능해, 한국인과 미얀마 현지인 모두에게 기업과 사업을 소개할 수 있었다. 미얀마 현지 공무원들 및 사업 수혜자들을 인터뷰하는 내용도 포함되어 있었다.

가장 인상 깊었던 건 의료 서비스 지원 및 병원 증축, 학교 보수 및 교육, 환경 보호 사업 등 포스코 대우가 미얀마 전국 곳곳에서 진행해 온 기업의 사회적 책임(CSR) 프로그램을 알게 되었을 때다. 이를 보며 기업은 사익추구만을 위해 존재한다는 나의 편견을 지울 수 있었다. 결국 양측이 상호 공존할 수 있을 때 기업가도 혜택을 얻을 수 있다는 가치관이 세상에 자리 잡아가고 있다.

90년대 초 대우 인터내셔널에 입사하신 선배님은 처음 사업의 타당성 조사 부서에서 사업이 될 가능성이 있는 제안서들을 분석하고 평가하는 업무를 맡으셨다고 한다. 그러다 직접 사업을 개발하고 수행하는 업무에 참여하며 아프리카, 유럽, 중남미 전역을 다녔고, 그 경험을 기반으로 현재 양곤에 사업 총괄자로 파견 되셨다. 나에게는 파란만장하게만 들리는 지난 25년간의 이야기를 덤덤하게 들려주시는 선배님을 통해 사업가로서의 겸손함과 진정성을 느낄 수 있었다. 선배님이 걸어온 길을 통해 내가 현재 하고 있는 일이 훗날 사업 관리자로서의 나의 역량과 밀접하게 연관되어 있다는 믿음을 갖게 되었고, 현재 맡고 있는 임무에 충실해야겠다고 다짐하는 계기가 됐다. 이제 인야 호수 벤치에 앉으면 호수 너머로 반짝이던 건물의 존재를 안다. 그 불빛을 보며 내 가슴에는 한국인으로서의 자랑스러움이 솟아 나고 있다.

인야 호수 곁의 롯데호텔 전경. ⓒ 양곤롯데호텔

2017년 9월 면적 10만 4,123㎡의 15층짜리 고급 호텔 1동과 29층 규모의 장기 숙박호텔 1동을 갖춘 5성급 롯데 호텔이 양곤에 문을 열었다. 2019년 미얀마를 방문한 문재인 대통령이 숙박했을 정도로 VVIP 고객이 투숙하는 '외교의 장'으로 자리매김했으며 2020년 개관 3주년을 맞이했다.

미얀마 새해 물 축제 '띤잔' 보내기

4월은 미얀마, 태국, 라오스 등 동남아시아 국가들이 새해를 맞이하는 달이다. '바꾸다'는 의미를 가진 미얀마어 '띤잔(Thingyan)'은 불교에서 기원한 행사로, 불교가 주 종교인 이웃국 태국과 라오스에서는 각각 '송끄란(Songkran)', '피 마이(Pi Mai)' 이라고 부른다.

띤잔 명절(또는 축제) 기간에는 지난해의 죄, 실수 등 과거의 때를 벗고 새로운 시작을 맞이하는 기념으로 서로에게 물을 뿌려 준다. 또한 4월은 동남아시아 국가들의 날씨가 가장 더워지는 시기로, 우기가 시작하기 전에 물을 뿌리며 더위를 잊고 새로운 해의 농사를 시작한다는 의미를 담고 있다고 한다. 비록 먼 과거 불교에서 시작된 행사이지만 현재는 미얀마 내에 살고 있는 인구 전체가 남녀노소 인종, 종교, 문화를 막론하고 함께 즐기는 국민명절로 자리 잡았다. 2017년 띤잔 연휴는 4월 13일부터 17일까지, 총 5일간 진행됐다.

띤잔은 여러 주체들마다 각각의 다른 의미를 가지고 있는

띤잔 물 축제 기간 양곤 거리로 쏟아져 나온 사람들 모습

듯했다. 어떤 이들(주로 젊은이들)에게는 마치 대학교 축제인 것처럼 먹고, 마시고, 뛰놀며 기존에 억눌린 모든 억압을 터뜨리는 사회 규율을 무시하는 기간인 것 같았다. 길거리에 쓰레기가 난무하고 트럭 뒤에 올라탄 무리의 사람들이 마치 세상을 정복할 것처럼 도로를 휘젓고 다녔다. 4월 15일 시내 19번가에서 한 현지 방송사가 진행하는 가요 무대에 구경을 나갔다가 사람들이 띤잔의 의미를 잊고 싸움을 벌이는 모습에 나는 눈살을 찌푸렸다. 주요 방송사나 생산업체들에겐 행사 개최와 마케팅으로 최고의 수익을 올릴 수 있는 장사판이기도 하다. 우리나라 추석이나 설날에 물이 추가된, 조금 더 요란한 분위기의 명절이라 해야 할까. 나는 오랜 전통을 가진 명절 띤잔이 단지 공격적으로 물을 뿌리며 술에 취해 먹고 즐기는 시간이 아닐 거라는 직감을 느꼈고, 축제 첫날 인터넷을 검색해 띤잔에 대해 모르던 정보들을 얻었다.

띤잔 첫째 날에는 독실한 불교 신자라면 지켜야 할 계율을 준수한다. 점심 이후에는 금식을 하고, 오락이나 외모를 꾸미는 것을 삼간다. 또한 전통 의상을 차려입고 사원을 방문해 부처상에 성수를 뿌리는 의식을 치른다. 밤에는 평소보다 덜 호화스럽고 덜 편한 장소에서 잠을 잔다. 평소 마음대로 누리던 욕구를 자제하며 내면에 주의를 기울이기 위한 규칙이었다. 그래서 나도 마음을 비우고 잡념을 버리고자 하는 바람으로 점심 이후 밤 12시까지 금식을 시도해봤다. 미얀마어로 금식을 '우도'라고 부른다. 그 기간과 정도는 다르지만 마치 이슬람을 믿는 무슬림들이 매년 약 한 달간 가지는 금식 기간인 라마단(Ramadan)과 비슷하다는 느낌을 받았다.

둘째 날부터는 동네 곳곳에서 밖에 나와 서로에게 물을 뿌리기 시작한다. 띤잔 기간 배운 점이 있다면 싫은 것을 피할수록 피하는 나만 괴롭다는 거다. 나는 온몸을 적신 채 밖에 돌아다니고 싶지 않아 대부분 물을 피해 다니느라 온 신경을 주변에 두어야 했다. 모든 사람이 그 순간만큼은 서로에 대한 경계 없이 물을 뿌리는 상황에서 그 상황을 피하려는 것만큼 힘겨운 일도 없었다. 나를 겨냥해 물을 뿌리려는 사람이 있으면 얼굴이 굳어지고 원망하는 마음이 생겼다. 만약 내가 그 상황을 있는 그대로 받아들이고 다른 사람들처럼 함께 젖었다면 신경 쓸 일도 없었을 거다. 이 경험을 통해 띤잔이란 내 마음에 있는 불편한 마음을 알아차리고 고치는 시간이기도 하다는 걸 깨달았다.

나는 띤잔 첫째 날부터 숙소 근처에 사는 현지 친구 닌수 집에 초대받은 덕분에 정이 넘치는 띤잔을 보낼 수 있었다. 도로 뒤편으로 향하는 좁은 골목으로 들어가면 자동차 소음이 사라지고, 닌수가 사는 동네가 나타난다. 한 마디로 정말 평화롭고 살기 좋은 동네 같았다. 그 요인은 한 가족처럼 모여 사는 동네 사람들 간의 정과 유대에 있는 듯 보였다. 집들이 어깨를 나란히 하며 또 서로 가깝게 마주 보고 있었다. 모든 집 아이들이 집 앞에 나와 안전하게 뛰어놀 수 있고, 모든 어른이 이웃집 아이들을 자신들의 가족처럼 돌봐 준다. 이날 나는 동네 아줌마들과 마당에 삼삼오오 모여 앉아 떤잔 명절 떡 '몬 롱 예 포(Mont Lone Yay Paw)'를 빚었다. 한국 꿀떡과 유사한데 찹쌀가루를 반죽해 동그랗게 만들어 그 안에 미얀마 전통 천연 설탕인 타냐 덩어리를 넣는다. 한국에서는 주로 떡을 쪄서 먹는데, 미얀마는 끓는 물에 삶아 먹는 게 신기했다. 물에 덩어리들이 동동 뜨면 채로 건진 후 코코넛 가루를 얹어 먹는데, 그 이름 '몬 롱 예 포'도 '물에 뜨는 간식'이라는 의미를 지니고 있다. 다 함께 앉아 수다를 나누다가 이 동네 아줌마들이 주로 미얀마 동남부의 몬 지역(Mon State) 출신이라는 걸 알게 됐다. 마치 우리나라 드라마 〈응답하라 1988〉의 한 장면에 있는 것 같았다. 같은 지방에서 상경한 사람들끼리 서로 돕고 살았던 옛날처럼, 이곳에서도 같은 고향 사람들끼리는 서로 돕고 또 양곤 토박이 주민 및 다른 민족들과도 서로 화합하며 사이좋게 지내고 있었다. 한 나라의 민족 평화와 화해는 한 골목 안에서부터 시작되어야 한다는 생각을 품는 날이었다.

　　마지막 날에는 어르신들의 머리를 감겨드리고 손톱을 깎아 드리는 등 공경하는 봉사를 하고 복지시설에 기부를 하는 등 가진 것을 베푸는 실천을 한다. 물고기 등 갇혀 있던 자연 생물체를 물에 방생하며 자유를 빌기도 한다고 한다. 인터넷을 통해 양곤 곳곳에는 '노인을 위한 집(Home for the Aged)'이라는 노인 복지시설이 있다는 걸 알게 되었다. 그리고 내 거주지 인근에 있는 한 오래된 시설을 발견했다. 현지 친구를 통해 그곳에 연락을 취해 방문 의사를 밝혔더니 흔쾌히 수락을 해 줬다. '닌지곤(Hninzigon)'이라는 이름의 이 노인 복지 기관은 1933년도 우 준(Daw Oo Zun)이라는 60대 여스님에 의해 처음 시작됐다. 1944년 76세의 나이로 세상을 떠나시기 전까지 그녀는 불법을 기반으로 노인들을 섬기는 삶에 헌신했다. 2차 세계대전 기간 폐허가 된 닌지곤은 1941년 문을 닫아야 했지만, 인도주의자이자 알린(Alin)신문사의 매니저였던 알린 우 띤(Alin U Thin)의 노력으로 1943년 다시 문을 열게 되었다. 이후 1955년에 바한 타운십(Bahan Township)에 소재한 부지에 안정적으로 재정착해 현재까지 운영되어 오고 있으며, 양곤에서 저명한 공무원들과 기부자 및 봉사자들의 발길이 끊이지 않는 NGO로 성장하는 계기가 되었다.

오전 8시경 내가 도착했을 때에는 이미 공식적인 손톱깎이 및 머리 감겨주기 행사가 끝난 뒤였고, 할머니 할아버지들께서 마당에 나란히 마주 보고 앉아 계셨다. 어쩔 줄 몰라하는 내게 기관 관계자분이 손톱깎이와 손톱을 다듬는 도구를 주며 손톱을 다듬어 보라고 하셨다. 나는 인위적인 활동이 싫었지만 할머니들 한 분 한 분께 무릎을 꿇고 앉아 눈을 맞추었고 손을 마주 잡고 인사를 나눴다. 아기처럼 왜소해진 몸으로 나에게 인자한 웃음을 보내는 그분들을 통해 오래전 돌아가신 나의 할머니 할아버지의 사랑이 느껴졌다. 그들의 모습에는 그분들이 살아온 삶이 고스란히 기록되어 있었다. 살고 있는 환경만 다를 뿐 노인들을 마주하는 느낌은 세계 어느 곳이나 같았다.

행사를 마친 후, 공직을 은퇴하고 현재는 닌지곤에 단기로 복부하고 계신 현지 관계자분의 안내로 기관 전체를 둘러볼 수 있었다. 60여 년의 시간 동안 체계적으로 발전해 온 닌지곤은 노인들의 병원, 체육관, 물리치료실, 찻집, 식당, 기도실 등 다른 현지 공공복지 시설보다 훨씬 잘 갖춰져 있는 듯 보였다. 일본의 국제협력단 자이카(JICA)가 7만 달러 상당의 다양한 의료 장비를 기부한 사실을 보여 주는 기념비를 발견했다. 일본의 영향이 미얀마 곳곳에 스며 있어 감탄했다. 본 시설의 존립 목적은 미얀마 전역에서 집을 잃고 희망이 없는 노인들에게 도움과 보살핌을 제공하고, 이곳에 여생을 맡긴 노인들에게 평화로운 환경을 제공해 주는 것이다. 모든 노인이 닌지곤에 입소할 수 있다면 좋겠지만, 이곳에는 약 240명만 수용 가능하며, 입소를 위해 충족되어야 할 몇 가지 규칙이 있었다. 70세 이상이어야 하며, 스스로 부양이 불가능하며, 도움 없이도 거동이 자유롭고, 육체 및 정신적으로 건강하며, 당파적인 정치 활동으로부터 자유로워야 한다.

이곳에서는 아침 5:30, 점심 10:30, 티타임 13:30, 저녁 16:30 이렇게 하루에 4번 식사 시간이 있다. 떠나기가 아쉬웠던 나는 기관에 요청을 해 10:30에 있을 점심시간 급식 봉사를 하기로 했다. 밥, 국, 반찬을 식탁에 준비하며 이곳에서 일하시는 아주머니와 현지 학생 봉사자들과도 금세 친해졌다. 이곳 고등학생들도 학업 기간 이수해야 하는 일정 봉사 시간이 있다는 게 인상 깊었다. 직원과 일반 봉사자 외에도 이날은 떤잔이라 그런지 다른 방문객들이 많이 와 있었다. 미얀마 밀크티 회사에서도 유니폼을 입고 노인들께 자사 제품을 기부하고자 나와 있었다. 관리자의 안내로 다 함께 불교식 기도문을 외우고 식사를 시작했다. 기도 중 '따두, 따두, 따두'라는 말을 자주 읊조리는데 이는 불교에서 자신의 전생의 업을 벗고 자유로운 혼을 부르는 말이라고 한다. 이날은 티타임 이후 금식이라 몇몇 할머니들께서 반찬통을 들고 와서 밥과 반찬을 챙기시는 모습을 볼 수 있었다. 밥통을 들고 다니는 내게 할머니들이 내게 오라고 손짓하고서 아이처럼 조금만 더 달라고 하시는 모습이 귀엽게 느껴졌다. 식사 종료 후 설거지까지 마치고 나서 기관을 나왔다.

미얀마에는 기부문화가 정말 잘 잡혀 있다. 자비와 나눔을 통한 상생을 강조하는 불교문화의 기반 때문인 것 같다. 미얀마인은 보통 생일 및 결혼 등 자신과 가족 구성원들에게 기쁜 행사가 있을 때마다 주도적으로 자신의 이웃과 공동체에 기부를 한다. 이날도 기부 사무실을 찾아오는 방문객들의 줄이 끊이질 않았다. 여기서는 봉사 활동 시간 인증뿐 아니라 금전적 또는 물질적 기부에 대해서도 인증서를 발급해 주고 기념 촬영도 해 준다. 나는 노인들에 대해 가진 나의 관심과 사랑을 조금이나마 표현하고자 기관에 소액을 기부했다. 준 것보다 받은 것이 더 많은 행복한 떤잔이었다.

가족의 빈곤을 짊어진,
거리 위 미얀마 어린이들의 삶

양곤에서의 삶은 내가 진정 미얀마의 삶 속으로 녹아들어가는 시간이었다. 언어 학습에서부터 시작해, 미얀마인들의 가족, 사랑, 우정, 노동, 문화 등 모두를 경험할 수 있었다. 양곤은 미얀마에 처음 도착한 내게 자신감과 용기, 역량을 길러 준 학교와도 같았다. 이렇게 완벽한 현지 적응을 바탕으로 내 본 임지인 네피도에 파견되니 처음 OJT(On the Job Training, 직무 중에 이루어지는 교육훈련)로 방문했을 때보다 막막하거나 두렵지 않다. 이제는 마음만 열면 누구와도 친구가 될 수 있고 도움을 얻을 수 있다는 걸 알기 때문이다.

떠나기 전 그 감사함을 전하고자 가장 아끼던 분들에게 작은 선물을 나누고 왔다. KOICA 사무소 식구들에게 바나나 다발을, 모힝가 엄마와 닌수의 딸을 위한 장난감을 선물했다. 한국에 있었을 때는 스스로 금전적 한계가 있다는 생각에 주변에 내가 가진 것을 잘 나누지 못했다. 그러나 이곳에서는 내가 베풀 수 있는 모든 것을 베풀고 싶었다. 잃는 것을 두려워하지 않으려고 한다.

네피도로 떠나는 날 아침, 미얀마 플라자 백화점으로 돈을 출금하러 가는 데 10살도 안 되어 보이는 한 여자아이가 머리에 벼 꾸러미가 담긴 바구니를 얹고 내 옆을 계속 따라왔다. 한 다발에 천 원이었던 그 벼들은 미얀마 사람들이 아침에 사원 또는 길에서 새들에게 기부를 하는 데 쓰인다. 평소 같으면 불편함을 느끼며 피했겠지만 이 아이에게 마음을 열어 보기로 하고 "안녕, 몇 살이야?" 하며 인사를 건넸다. 처음에 서로를 물건을 사고파는 상인과 손님의 관계로만 바라보다가, 대화를 이어 나가다 보니 서로에 대한 인간적인 연결감을 느낄 수 있었다.

끈질기게 따라오는 아이를 귀찮게 여기기보다, 나를 따라올 만큼 뭔가 절박한 게 있다고 생각하기 시작했다. 질문을 통해 아이가 10살이며, 집은 흘라잉 타운십(Hlaing Township)에 있고, 형제자매가 자그마치 9명이나 된다는 걸 알았다. 아이에게 "아침밥은 먹었니?" 하고 물어보자 아이는 "아직 안 먹었다"라고 답했다. 그 말을 듣자마자 나는 길가의 음식을 파는 곳으로 아이를 데려가 계란과 튀김을 사줬다. 부모님이 있냐는 나의 질문에, 아이 말로는 현재 부모님이 많이 아파서 병원에 가야 한다고 했다. 병원비가 3만 짯 정도인데 없어서 못 가고 있다고 한다. 미얀마에서 3만 짯(한국 돈 2만 5천 원 정도)은 정말 큰돈이다.

그 말이 사실이라는 보장도 없었지만 나는 그 말을 믿고 아이를 도와주고 싶다는 마음이 강하게 솟았다. 그리고 지갑에 남아 있던 3만 짯을 모두 아이의 주머니에 넣어 주었다. "이 돈을 가지고 집에 가서 부모님께 꼭 드려. 병원에 꼭 가렴." 아이는 놀란 눈치였고 약간 울먹이는 것도 같았다. 우리는 서로 인사를 하고 헤어졌다. 나는 그 뒤로 이 아이가 어디로 가는지, 어떻게 돈을 쓸지에 대해서 의심과 후회를 남기지 않기 위해 관심을 두지 않기로 했다. 그냥 준 것에만 의의를 두고 그 결과에 대해서는 실망하지 않기로 했다. 나는 주었을 뿐, 그다음은 받은 사람의 몫이기 때문이다. 마치 내 마음의 욕심 덩어리 하나가 떨어져 나간 것 같다.

미얀마 어린이들에 대한 나의 특별한 관심은 훗날 NGO 활동가로 미얀마에 다시 파견되어 미얀마 어린이 결연 사업을 운영해 나가는데 동기 부여가 되어 주었다.

반짝이는 눈으로 환하게 웃고 있는 이 아이들 사진을 볼 때마다
내 마음에는 빛이 스며든다.

바간의 열기구를 보기 위해 모인 여행객들

II

홀로 서기

네피도에서 외국인이라면 모두 호텔에 산다

4월 21일 KOICA 사무소를 마지막으로 방문하고, 나는 양곤에서 차로 5시간 떨어진 네피도 사람이 되었다. 네피도(Nay Pyi Taw)는 미얀마의 수도다. 2월 14일부터 약 66일 만에 내가 본래 있어야 할 곳에 온 것이다. 약 3개월간 정든 사람들을 이제는 마음껏 볼 수 없다는 것이 슬프지만, 그렇다고 내게 찾아오는 삶의 여정을 거부할 수는 없다고 스스로 다독였다.

내가 임시 숙소로 머물던 맛 또 윈(Myat Taw Win, 미얀마어로 '성스러운'이라는 의미를 갖고 있다) 호텔에 이틀 동안 살아 보며 이곳이 내가 살 곳인지 고민했다. 이곳에 오기 전 나는 최대한 현지인과 가깝게 생활하고자 여기 오기 전에도 현지 집을 구할 궁리를 해 왔다. 본래 현지 규정상 네피도에 사는 외국인들은 호텔을 제외한 일반 현지 집에서는 거주가 불가능하다. 이상하게 느껴졌지만 그게 규정이었다. 그런데 내가 있을 당시 그 규정이 느슨해진다는 소문을 듣고 일반 집을 찾아다녔지만 모두 퇴짜를 맞았다. 호텔은 너무 호화스러워 봉사자의 신분에 어울리지 않는다

내가 8개월간 생활하던 네피도의 맛 또 윈 호텔 방

는 생각에서였다. 그러나 이곳에 와 보니 생각이 조금씩 바뀌었다. 가격이 일반 현지인들이 사는 주거지보다 두 배 이상이었지만 네피도에서는 호텔들이 곧 주거지의 연장 선상임을 깨닫게 되었다.

　　네피도에는 호텔들이 밀집해 있는 호텔 구역(Zone)들이 따로 들어서 있는데 호텔마다 광대한 영토(및 울타리)를 가지고 하나의 공동체를 이루고 있다. 한 호텔 당 직원이 100명 내외임은 기본이고, 현지 직원들이 호텔 내부 또는 근처에 주거하고 있어 다양한 계층이 모여 사는 마을이 조성되어 있었다. 맛 또 윈 호텔에도 약 105명의 직원이 근무하고 있다고 한다. 호텔 내에서는 호텔 서비스 업무뿐 아니라 조경 등 다른 사업들도 운영되고 있는 듯 보였다. 숙소 근처 길을 따라 걸으면 호텔 직원들이 사는 주거지가 나오고 아이들이 운동장에서 뛰어놀고 있다. 여기서 나는 현지인들과 어울리며 살아갈 수 있는 가능성을 발견했다. 이곳이 최적이라는 생각이 들어 일주일 만에 호텔 장기 투숙자로서 8개월간의 주거 계약을 체결했다. 처음 미얀마에서 스스로 주거 계약을 맺고 비용 지급을 한 감회가 새로웠다. 그것도 미얀마어로 모든 업무를 처리했다. KOICA 봉사단 활동을 통해 점점 나는 하나의 독립된 어른으로서 살아가는 법을 훈련해 나가고 있는 것 같아 보람차다.

나는 이곳 호텔에서 거주하는 장점들에 대해 정리해 보았다. 침구류 등 필수 가구가 모두 구비되어 있고, 전기나 수도 공급이 원활하고, 24시간 경비 및 보안이 철저하다. 무엇보다 바로 길 건너에 대형 쇼핑몰이 있어 대중교통 없이도 편리하게 물자를 구할 수 있다.

마음에 걸리는 점이 있다면 저지대라 지하수 수질이 안 좋은 것과 천장에 물이 새는 거였다. 우기에는 밤새 얼마나 많은 비가 쏟아붓던지, 방문 앞까지 물이 차서 우비를 입고 물속을 걸어 출근을 해야 할 때도 있었다. 마치 섬에 갇힌 기분이었다. 한국에서는 못 겪어 보던 물난리, 나중에는 다 추억으로 남았다.

위) 8개월간 정이든 호텔 직원들과 함께
아래) 8월 폭우로 물바다가 된 앞마당

유령 수도 네피도를 내 손바닥 안에

익숙해진 양곤 도심을 떠나 시골 같은 미얀마 수도 네피도에 나 혼자 덩그러니 남게 된 후, 홀로 현지 적응이 시작됐다. 이제 여기에는 현지 적응을 도와주는 KOICA 직원들이나 미얀마어 선생님도 없다. 그동안 배운 것을 바탕으로 나 혼자 모든 것을 해결해야 했다.

MDI 임시사무소가 위치한 국가기록원(National Archives Department) 건물 바로 오른편에 미얀마 국립박물관(National Museum of Myanmar)이 있어 점심시간을 활용해 다녀왔다. 친절한 관리 직원의 가이드로 1시간 안에 전체를 돌아볼 수 있었다. 양곤 국립박물관의 열악한 전시환경을 생각하고 갔던 나는 화려하고 체계적인 전시 시설에 깜짝 놀랐다. 미얀마의 원시시대, 고대 국가 역사, 전통문화예술, 공예, 근·현대 역사 및 미술품 등 그 범위가 넓었다. 거의 대부분의 전시 설명이 영어로도 적혀 있었다. 다만 지리적 접근성의 한계로 이렇게 한 국가에 역사적으로 중요한 유물들을 더 많은 사람이 볼 수 없다는 사실이 안타까웠다. 보다 많은 사람이 국립박물관에 접근할 수 있도록 방안을 강구해야 할 필요성을 느꼈다.

　　퇴근 후에는 한국 직원들의 이동을 지원해 주는 현지인 운전기사 M의 도움으로, 차를 타야지만 방문할 수 있는 네피도 곳곳을 방문했다. 가장 먼저 간 곳은 분수 공원(Water Foundtain Garden)인데 저녁마다 신나는 음악과 함께 분수 쇼가 열리고 있었다. 현지 주민들이 가족들과 함께 나들이를 나와 즐기는 모습이 화목해 보였다. 그다음으로는 네피도의 대표적인 재래시장인 다베곤(Thapyaygone)과 묘마(Myoma) 시장을 방문했다. 이 두 시장에는 전국 각지로 향하는 시외버스 회사들이 즐비해 있다. 출근할 때 입을 미얀마 전통 의상과 제철 열대 과일을 구매한 후, 갖가지 길거리 음식을 사 먹으며 사람들이 살아가는 모습을 파악했다. 네피도, 아무것도 없는 도시는 아니었다. 도처에 사람들의 삶이 가득 보이자 비로소 내 마음이 편안해졌다. 내가 정을 느끼고 새로운 가족을 만들어나갈 수 있는 터전이 될 곳임을 확인했기 때문이다.

　　어느 날에는 사무소에서 차로 10여 분 거리에 있는 네피도의 구(舊)도심, 핀마나(Pyinmana)라는 동네를 탐방했다. 핀마나는 미얀마 중부 만달레이 구의 도시로 약 10만 명의 인구를 보유하고 있다. 핀마나는 네피도가 생기기 전부터 존재한 오래된 도시다. 2차 대전 때 핀마나는 버마 독립군의 근거지였다. 이곳에서 병사와 장군들은 훈련을 받았다. 이 당시 미얀마의 독립 영웅인 아웅산 장군이 중심에 있었다. 일본군의 도움으로 영국 식민으로부터 녹립했다고 생각했던 비미 독립군은 일본이 버마를 식민 지배하자, 다시 영국과 연합군의 지원을 받아 일본을 물리치게 된다. 핀마나는 버마군의 주요 거점지가 되었고 버마인의 승리를 상징하는 땅이 되었다. 핀마나 중심의 샨 호수 앞 광장에 아웅산 장군의 동상이 세워져 있는 것을 보면 그 상징성을 알 수 있다. 네피도는 2008년 군부 출신 독재자였던 딴 쉐(Than Shwe) 장군의 계획으로 새롭게 건설된 수도다. 미얀마의 행정 수도는 2005년 11월 6일에 핀마나에서 서쪽으로 3.2km 떨어진 네피도로 공식 이전됐다. 네피도 건설 당시 핀마나 주민들의 노동력이 많이 동원되었다고 한다. 시골 땅에 인위적으로 만들어져 텅텅 빈 네피도와는 달리, 핀마나는 오랜 시간 역사와 함께 자연스럽게 발전해 온 동네인지라 인구 밀도도 높고 사람 사는 분위기가 났다. 시내로 걸어 들어가면 마치 양곤의 중심을 걷는 것처럼 복잡하고 시끌벅적한 분위기를 느낄 수 있다. 이곳에는 자동차보다 오토바이를 모는 사람들이 훨씬 많다. 곳곳에는 오토바이 택시 기사들이 모여서 손님을 기다리고 있다. 네피도에서는 대중교통 잡기가 하늘의 별 따기인 데다 택시비도 정말 비싼데⋯⋯ 여기는 사방에 널렸다.

얼마 뒤 M의 도움으로 핀마나에서 자전거 한 대를 구매했다. 미얀마 자전거 시장은 대부분 일본, 중국, 한국산 제품을 취급하는데 그중 한국과 일본산이 으뜸이라고 한다. 새 자전거를 사는 사람은 드물고 대부분 일본에서 온 중고 부품을 새롭게 조립하여 만들어진 재활용 자전거를 탄다. 가격은 7~9만 짯 정도이며 새것이나 다름없다. 자전거는 오토바이를 살 여력이 없는 주민들이나 먼 길을 통학해야 하는 학생들에게 아주 유용한 교통수단이다. 나는 일본산 중고 부품으로 만들어진 빨강 자전거를 8만 5천 짯에 구매했다. 거기에 바구니, 야간 조명, 뒷좌석, 신호 벨 등을 장착하니 그럴듯한 자가용이 되었다. 네피도에서의 독립 과정에 이 자전거가 함께해 주길!

광활한 네피도를 바라보며

나만의 오토바이 기사 우저윈 아저씨!

네피도에서는 자동차가 참 귀하다. 미얀마 주민들에게 가장 대중적인 교통수단은 오토바이이다. 자동차를 가질 능력이 안 되는 대부분의 미얀마 가족에게 오토바이는 자동차 역할을 한다. 한 오토바이에 아빠, 엄마, 아이들이 전부 타고 이동을 하는데, 심지어 달리는 오토바이 뒤에 헬멧도 없이 긴 치마를 입고 아슬아슬하게 앉은 엄마가 갓난아기를 안고 있거나, 아이들이 오토바이 위에서 아무 보호장치도 없이 아빠 등에 매달려 서 있기도 하다. 목숨을 건 질주다. 나는 오토바이 뒤에 탈 때마다 KOICA에서 지급해 준 최고급 한국 헬멧을 꼭 쓰고 다녔다. 얼마나 튼튼한지 머리를 때려도 아무 느낌이 나지 않을 정도였다.

나도 이곳에 와서 처음으로 오토바이 택시를 애용하기 시작했다. 자동차 택시비가 양곤보다 훨씬 비싼 이유도 있었다. 보통 처음 이용한 오토바이 기사 아저씨가 착해 보이고 마음에 들면 전화번호를 받아 두었다가 이동이 필요한 일이 있을 때 호출을 하면 내가 있는 곳에 데리러 와 준다. 개인 기사나 다름없다.

나도 네피도에 도착한 뒤 우연한 기회로 '우저윈(U Zaw Win)' 이라는 착한 오토바이 기사 아저씨를 만났고, 어디를 가든 아저씨만 찾았다.

외진 곳에 위치한 공무원 친구의 집을 처음 방문할 때 아저씨가 함께 길을 찾아 데려다주시고, 저녁 늦게 집에 돌아갈 때도 먼 길을 돌아오셔서 나를 안전하게 집까지 데려다주셨다. 내가 몸이 아파 현지 병원을 방문했을 때 곁에서 보호자 역할을 해주시기도 했다. 내게 필요한 물건이 생겼을 때는 나를 뒤에 태우고는 물건을 파는 가게를 찾기 위해 여기저기 사람들에게 물으며 온 동네를 돌아다녀 주셨다. 주말에 먼 지방으로 여행을 다닐 때는 이른 새벽이나 밤늦게 네피도에서 출발하거나 도착하고는 했다. 그때마다 모르는 사람의 오토바이나 차에 타는 게 무서워 아무리 죄송해도 멀리 있는 아저씨를 부르고는 했다. 아저씨는 찬바람 속을 달려 먼 거리에 있는 터미널까지 나를 데려다주고 데리러 와 주시고는 했다. 아저씨가 없었다면 내 모험정신 때문에 위험한 상황에 부닥쳤을지도 모른다.

아저씨는 내 앞에서 한 번도 먼저 이익을 채우려는 마음을 앞세운 적이 없으시다. 그 점이 매번 나를 감동시켰다. 미얀마에 와서 배운 큰 교훈 중 하나는, 서로에게 가까운 존재로 인식되는 순간 머릿속 계산이 사라진다는 점이다. 여기저기 내 마음대로 아저씨를 데리고 돌아다니다가 내릴 때 얼마냐고 여쭤보면 아저씨는 값을 부르지 않고 늘 "다 괜찮아, 네가 알아서 줘"라고 하셨다. 나에 대한 순수한 정과 신뢰를 느낄 수 있는 부분이었다. 그러다 보니 나도 아저씨에게 감사함을 느끼는 만큼 사례를 해 드리게 되었다. 서비스에 대해 값을 요구받는 게 아니라, 내가 받은 서비스에 대해 스스로 가치를 매기게 된 것이다. 내가 가진 것을 상대에게 기꺼이 주고 싶은 마음이 우러나오게 하는 것은 상대에 대한 신뢰를 기반으로 한다는 걸 알게 되었다.

　　아저씨께 많은 도움을 받다 보니 가족애 같은 정이 쌓여 갔다. 나중에 아저씨는 자신의 딸과 아들의 결혼식에 나를 초대해 주었다. 아저씨가 사는 마을은 알고 보니 우리 KOICA가 농촌 지역개발 사업을 진행하고 있는 마을 중 하나였다. 그래서 그런지 사람들이 한국에 대해 친숙함을 갖고 있었다. 결혼식은 완전히 미얀마 시골 전통식으로 집에서 처러졌다. 마을 사람들이 와서 단체로 음식을 해 손님에게 대접하고 방 안에서 어른들을 모시고 식이 진행되었다. 이날만큼은 나의 오토바이 기사님이 아닌, 한 대가족을 책임지는 가장으로서의 아저씨 모습이 보였다. 유일한 한국인이었던 나는 이날 마을 사람들의 관심을 한몸에 받았다. 물질적으로 부족하더라도 착한 마음으로 성실하게 살아가는 아저씨 가족은 정들지 않을 것만 같던 네피도에 대한 나의 사랑이 보다 깊어지게 만들어 줬다.

우저윈 아저씨 딸 결혼식날, 신랑신부와 인사하는 아저씨 부부 모습

수도승이 된 미얀마 고아들

네피도에 있는 동안 문득, '아기들을 돌보고 싶다'는 열망이 내 가슴 속에 솟아났다. 평소 아기들만 보면 좋아서 어쩔 줄 몰라하는 나였다. 아기들에 대한 나의 사랑을 표현하면서 마음껏 돌봐주고 싶었다. 그러다 운전기사 M에게 물어 네피도 북쪽 외곽에 스님들이 운영하고 있다는 고아원을 알게 됐다. '킷 예 (Khit Aye)'라는 수도원에는 영·유아부터 초중고등학생까지 약 85명이 기거하며 불교의 가르침을 배우고 있었으며 대부분은 부모가 양육 여건이 안 돼 포기했거나 내전으로 부모 잃은 고아들이었다.

차를 타고 먼길을 달려 도착한 그곳에는 주말을 맞아 방문객들이 정말 많았다. 불교에 기반을 둔 기부 문화가 발달한 미얀마에서는 주말마다 이렇게 가족 단위 또는 단체 직원들이 와서 헌금 또는 물품을 기부하고 스님 앞에 앉아 기도하며 축복을 얻는 모습을 관찰할 수 있다. 이 시민들의 기부로 영리 활동을 하지 않고도 불교 단체들이 존립할 수 있다. 첫 방문에 앞서 기관에서 무엇을 필요로 하는지 아직 잘 모르기에 나는 약 90여 명의 인원을 위한 초코파이와 우유를 사서 갔다. 창고를 들여다보니 이미 기부 받은 식량들로 가득했다.

함께 와 준 미얀마 친구 가족을 따라서 스님 앞에 앉아 내 소개를 하고 기부 의식을 치렀다. 스님과 함께 기부 물품에 손을 얹고 스님께서 해 주시는 말씀을 같이 낭송한다. 그리고 스님이 불경을 낭송할 때 고개를 숙이고 작은 주전자에 있는 물을 쟁반에 조금씩 따른다. 아직 나는 이 의식의 의미를 모르지만 불교에서 물은 아주 신성하다는 것 정도로만 알고 있다. 방문자들을 위해 점심상을 차려 주는데, 정말 푸짐했다. 십 대 남자아이들이 파란색 교복이나 스님 복을 입고 밥상을 차리거나 파리를 내쫓기 위해 부채질을 하는 등 기관에서 필요로 하는 일손을 제공하고 있었다.

때마침 어린이들의 점심시간이라 내가 가져온 간식을 아이들에게 직접 나눠줄 기회가 있었다. 4살 정도 되어 보이는 아이들이 다 같이 반짝이는 눈빛으로 우리를 바라보고 있었다. 유치원 선생님의 안내에 따라 줄을 서서 조그만 손을 내밀고 있는 아이들이 귀여웠다. 지속적인 소통과 일관된 훈육방식을 통해 정서 및 사교성 발달 과정을 거쳐야 하는 유아들에게 부모 및 교사의 역할은 정말 중요하다. 보육자의 깊은 인내와 관심이 요구된다. 하지만 이곳에서는 3명의 교사가 합숙하며 32명이나 되는

32명의 고아 어린이들이 생활하고 배우는 협소한 공간에서 낮잠을 자는 아이들 모습

유아들을 돌보고 있었다. 교사 한 명당 약 10명의 아동들을 돌봐야 하는 건데, 문제는 아이들을 돌볼 부모들이 없기 때문에 교사들이 교육과 보육을 모두 담당하며 24시간 돌봐야 한다는 거다. 혼자서 10명이나 되는 아이들 한 명 한 명의 정서 및 행동에 깊은 주의를 기울이기는 역부족일 거다. 마음이 아팠다. 아무리 많은 관심과 사랑을 쏟아 줘도 분명 건강한 가정 안에서 부모들이 직접 주는 사랑과는 격차가 있을 것이었다.

유치부 아이들과 교사들이 먹고 자는 건물에 가봤는데, 나무로 허술하게 만들어진 방 한 칸에서 30명이 넘는 아이들이 살고 있다는 사실에 놀랐다. 선생님들이 보여 준 몇 안 되는 교구들은 한눈에 봐도 열악해 보였다. 수도원에서 교육에 투자하는 비용이 많지 않다고 한다. 기부받는 대부분의 돈은 방문객을 위한 건물이나 기념비를 세우는 데 사용된다나. 한 아이가 상처가 나도록 바닥에 머리를 박으며 우는데 교사들이 다른 아이들 때문에 바빠 방치되어 있었다. 나중에 한국에 와서도 이 아이가 생각나 눈물이 흐르고는 했다. 모든 아이는 스스로 독립할 때까지 부모 및 사회로부터 일정한 보살핌과 교육을 받을 권리를 갖고 있다. 부모가 없다는 이유로 보살핌에 있어 결핍을 겪으면 안 될 것이다.

1살 미만 영유아들의 방을 방문했다. 그곳에는 1명의 남아, 4명의 여아 이렇게 총 5명이 있었다. 종종 방문객들이 육아를 도와주지만, 기관에서는 주로 한 할머니 혼자서 이 아이들을 돌본다고 한다. 나는 한눈에 들어오는 한 남자아이에게 사랑에 빠졌다. 너무도 예쁘고 귀여운 아이는 작년 12월에 태어나 약 5개월이 되었는데 가만히 누워 있어도 울지도 않을 정도로 순했다. 아이를 낳자마자 놓고 간 부모들은 당시 너무 어렸다고 한다. 모든 아이가 부모의 기대와 준비로 태어나지 않고 친부모에게 보살펴지지 못하지만, 이 아이들이 태어난 것 자체는 축복이다. 이 아이들이 본인이 이 세상에 태어난 소중한 존재라는 사실을 가슴 깊이 새길 수 있도록, 이웃공동체와 국가는 돌봄을 제공해야 한다.

내가 자주 방문하고 싶다는 의사를 밝히자 큰 스님께서 직접 숙소 앞까지 기관차를 보내 주신다고 했다. 이런 감사함이! 이제 다른 사람에게 의지하지 않고도 나 스스로 봉사를 할 수 있게 된 것이다. 뜻을 품으니 세상이 나를 도와준다는 걸 느꼈다. 나는 아기들의 월령기별 육아법을 공부해 가면서 네피도에 머무는 주말마다 수도원을 방문해 사랑을 나누는 법을 배워 나갈 수 있었다.

가족들과의 좌충우돌
미얀마 여행기-1 (양곤, 네피도 편)

내가 미얀마에 파견된 지 6개월이 지났을 즈음 가족들이 미얀마를 방문했다. 당시 규정에 따르면 KOICA 봉사단원은 파견 후 6개월이 지난 뒤부터 가족을 초청할 수 있었다. 아빠는 휴가를 내실 수 없어 엄마, 여동생, 남동생, 그리고 큰이모 이렇게 넷이 양곤 땅을 밟았다. 가족들과 함께한 7일은 너무 빨리 지나갔지만 하루하루 함께 만든 추억을 생각하면 가슴이 행복으로 가득 차오른다.

나는 그동안 미얀마에서 쌓은 생활 노하우와 현지어 실력을 가족들 앞에서 유감없이 발휘했다. 먼저 내가 3개월간 현지적응을 하며 생활했던 양곤과, 현재 내 삶의 터전인 네피도를 소개했다. 마지막으로 우리 모두에나 낯선 공간인 인레 호수를 여행하며 미얀마에 대한 서로의 다양한 시각과 이해를 나누는 시간을 가졌다. 가족들을 안전하게 보호하면서 미얀마에 대해 알리기 위해 노력하는 내 모습에서 이 나라에 대한 애정을 다시 한번 느꼈다. 일정이 짧은 관계로 양곤에서는 하루만 구경을 하고 밤에 네피도로 넘어왔다. 양곤에서 가장 친한 현지 친구 닌수와 딸 요요를 초대해 함께 양곤 시내와 주요 관광지를 다녔다. 비가 많이 오는 우기라서 걱정이 되었지만 빗속을 뚫고 우비와 우산을 쓰고 여행하는 것도 나름 추억이 되었다. 닌수는 나의 가족을 오래전부터 보고 싶어했다. 요요가 나를 '코리아 마마'로 부를 정도로 우리는 가족과 같은 사이가 됐다. 지금은 4살인 아이가 훗날 컸을 때 나와 오늘의 순간을 어떻게 기억할까?

양곤에서 네피도로 이동하면서 가족들과 처음으로 밤 버스를 타는 경험을 했다. 터미널에 모여 앉아 컵라면을 먹는 추억도 쌓았다. 새벽 3시가 넘어 네피도에 도착한 우리는 다 같이 나의 호텔 숙소에 짐을 풀었다. 2인실 호텔 방에 5명이 다 같이 모여 앉았다. 엄마와 이모는 나를 위해 한국에서부터 장아찌와 장조림 등 밑반찬들을 준비해 오셨다. 내 작은 호텔 냉장고에 어느새 반찬통들이 가득 찼다. 나도 혼자 지내던 방에 가족들이 함께하니까 평소 갖고 있던 외로움과 잡념들이 모두 날아가 버렸다.

네피도에서의 첫날, 나는 미얀마에 대한 오리엔테이션 차원에서 국립박물관에 가족들을 데려갔다. 나에게는 벌써 세 번째 방문이었지만 누구와 가느냐에 따라 늘 새로운 발견을 주는 곳이었다. 가족들이 한국만큼 견고한 미얀마의 찬란한 역사와 문화에 대해 이해하길 바랐고, 감탄하는 그들을 보며 나는 만족의 웃음을 지었다. 둘째 날에는 네피도 북부에 위치한, 국립 랜드마크 공원(National Landmark Park)을 방문했다. 네피도 북부에는 거대한 경기장을 중심으로 광활한 부지에 내셔널 랜드 마크와 국방 박물관(Defence Services Museum)이 위치해 있다. 2013년 미얀마가 아세안(ASEAN)게임 주최국이었을 당시 외국인들의 방문에 대비하여 거대한 호텔 밀집 구역들과 함께 지은 상징물들이다. 그러나 아세안 게임 이후로 업무 외 관광으로 네피도를 방문하는 외국인들은 별로 없고 현지인들의 낮은 입장료에 의존하며 낡아가고 있었다. 정부가 투자한 만큼 소득이 나지 않는 상황이 안타까웠다. 다른 미얀마 국립 관광지처럼 여기에서도 외국인들에게 차별화된 입장료를 받는데, 현지인들에게는 천 짯, 우리에게는 한 명당 10달러나 했다. 1시간 동안 관람차를 타고 거대한 공원을 구경했다. 이곳의 특징은 마치 하나의 작은 미얀마를 방문하는 것처럼 미얀마 국토 모양으로 공원을 만들어 미얀마 각지의 주요 지형지물과 전통 집들을 배치해 놓았다는 점이다. 제대로 관리 되지 않아 낡은 장소들이 대다수였지만 거대한 미얀마 각지의 주요 특징 및 지리를 익힐 수 있다는 장점이 있었다.

미얀마 음식이 입에 맞지 않는 동생들을 위해 숨겨 두었던 비장의 카드인 한국 식당 '유가네'로 데려갔다. 그곳에서 한국인 사장님을 만난 엄마와 이모는 물 만난 고기처럼 열심히 그동안 미얀마에 대하여 보고 느낀 것들을 털어놓았다. 그날 저녁 우리는 냥쉐(Nyaung Shwe)로 향하는 버스에 올라탔다. 남동생이 몸살을 앓아서 여행을 취소하자는 엄마와 이모의 만류에도 불구하고 나는 모두를 버스에 태우는 데 성공했다. 가족 여행 중 처음 맞는 위기였다. 내가 마치 가족들의 의견을 무시하고 고집을 부리는 게 아닌가 싶었지만 나는 내 직관을 믿기로 했다. 다행히 도착했을 때 남동생의 몸상태가 좋아져 있었다.

새벽 3시 반, 버스는 우리가 도착해야 하는 냥쉐 터미널과 한참 떨어진 곳에 우리를 내려놓고 가버렸다. 나이 예순의 이모는 어둠 속에서 우리에게 몰려드는 현지 택시기사 무리에 겁을 먹고 도망가 버리려 했다. 나는 같이 동요될 뻔했지만 침착함을 잃지 않고 값을 흥정해 택시를 잡았다. 이모는 계속해서 기사가 우리를 이상한 곳으로 데려갈 것이라고 했지만 나는 절대 그렇지 않다는 신념을 고수해야 했다. 만 이천 짯에 우리를 태우고 냥쉐에 데려다주기로 했던 택시기사는, 갑자기 우리보고 냥쉐에 들어가려면 한 사람당 만 2천 짯의 입장료를 지불해야 한다고 했다. 하지만 자기에게 한 사람당 2천 짯만 지불하면 그냥 지나가게 해 준다고 했다. 이건 내가 개인적으로 맞은 첫 위기였다. 나는 이 택시 운전기사가 말하는 것을 어디서부터 어디까지 믿을 수 있는가에 대한 의심에 사로잡혔다. 만약 그런 입장료가 있다는 것조차 사실이 아니라면? 이 사람에게 비공식적으로 돈을 지불하더라도 미얀마 정부가 부과하는 공공요금이 면제될 수 있을 것이라는 보장이 어디 있지? 하는 혼란 속에 결정을 망설이는 동안 기사는 저 앞에 보이는 불빛 앞에 서 있는 사람들에게 자기들만 아는 신호인 듯한 자동차 경적 소리를 내고 지나가 버렸다. 내가 결정하기도 전에 협상은 타결된 것이었다. 아마 그곳이 외국인 입장료를 부과하는 게이트인 것 같았다. 방금 나는 미얀마 공공 서비스의 부패 현장을 목격한 것인가 싶었다. 미얀마를 여행하는 외국인에게는 분명 혼란과 두려움을 줄 수 있는 냥쉐 입문 과정이었다.

가족들과의 좌충우돌
미얀마 여행기-2 (냥쉐, 인레호수 편)

    냥쉐는 걸어서 시내를 모두 돌 수 있을 정도로 작은 동네다. 호텔들도 대부분 다 같이 모여 있다. 인레 호수로 향하는 보트를 탈 수 있는 나루터도 아주 가깝다. 'Booking.com'을 통해 당일 예약한 '조이 호텔(Joy Hotel)' 이라는 곳에서 도착해 씻고 쉴 준비를 한 지 얼마 안 되어 동이 트기 시작했다. 이모를 남겨두고 엄마 그리고 동생들과 함께 현지 조사 차원에서 아침 산책을 나왔다. 호텔 앞에는 개울가가 있었는데 호수로 향하는 끝자락이었다. 그곳에서 사람들이 아침 일찍 모여 바구니 가득 토마토를 육지로 실어 나르고 있었다. 나중에 알고 보니 그 토마토들은 인레 호수의 수상 정원에서 재배되는 주요 작물이었다. 마을의 주요 시장인 '밍갈라 재래시장(Mingalar Market)'을 구경하고 가족들과 길가의 식당에서 미얀마 전통 쌀국수 모힝가를 맛보며 미얀마의 아침 문화를 체험시켜 줄 수 있었다.

    10시경에 호텔을 나와 다 같이 이곳에 온 주 목적인 인레 투어를 위해 선착장으로 갔다. 이때까지 우리 여행에 두 번째 위기가 찾아올 줄 꿈에도 알지 못했다. 이모가 배를 타지 않겠다고 한 것이다. 발단은 내가 길에서 보트 여행을 중개하는 아줌마와 이야기를 하면서부터다. 그때부터 이모의 머릿속에는 집에서 텔레비전으로만 보던 비극의 시나리오가 시작되기 시작했다. 이모는 길에서 모르는 사람을 믿고 따라가면 무슨 일을 당할지도 모른다며 절대 따라가면 안 된다고 했다. 그리고 본인은 호텔에서 우리를 기다리고 있겠다며 홀로 뒤돌아 가기 시작했다. 예상치 못한 상황에 놀란 나는 우리의 인레 호수 여행이 수포로 돌아갈까 봐 두려웠다. 평소 얌전한 이모에게서 이렇게 고집스럽고 아이 같은 모습이 나올 줄은 상상도 못했다. 이모는 캄보디아에 여행을 갔을 때도 여기보다 물이 깨끗했지만 배에 올라타지 않았다며 저렇게 물이 노랗고 작은 배에는 무서워서 탈 수 없다고 주장했다. 내 입장에서는 해 보지도 않고 과거의 경험과 텔레비전을 통해 보고 들은 것에만 기반을 두어 현재 누릴 수 있는 기회를 박차 버리는 이모가 너무 했다. 나는 어떻게든 이모를 설득시키기 위해 노력했다. 그러나 내가 이야기할수록 이모는 더욱 완강하게 거부했다. 엄마도 곁에서 어쩌지 못하고 가만히 지켜보고만 있었다.

결국 우리는 처음에 계획한 완벽한 시나리오가 아니지만 상황을 인정하고 이모가 원하는 대로 해 드리기로 했다. 같이 따라간다 해도 이모는 계속해서 풍경을 즐기지 못하고 두려움에 떨 것이 분명했다. 이모를 호텔에 데려다 드리며 내 연락처를 남기고서 나머지 우리 네 명은 보트에 올라탈 수 있었다. 나도 약간의 긴장을 놓을 수 없었다. 우리에게 보트 여행을 주선한 아줌마와 온종일 보트를 운전하며 우리에게 여기저기 구경을 시켜 준 남자는 다정한 모자(母子)지간이었다. 아무리 세상이 우리의 자유를 위협하는 위험들로 가득 차 있더라도 인간의 선함에 대한 믿음은 버려서는 안 됨을 다시 한번 느낄 수 있었다.

2013년 이후 4년 만에 다시 찾은 인레 호수는 내게 완전히 새로웠다. 그 당시 한국의 10대들과 배낭여행을 하던 22살의 나는 마음에 갇혀 여행의 자유를 느낄 수 없었다. 빗속에서 껄로(Kalaw)에서부터 1박 2일을 힘겹게 걸어 인레호수 보트에 올라탔던 짧은 순간만이 기억 속에 사진 찍혀 있을 뿐이었다. 나는 그 후 한국에 돌아와서도 당시를 즐기지 못했다는 죄책감에 살아갔다. 이제야 과거의 나와 이별할 순간이 주어진 것이다. 당시의 아쉬움을 기억하며 인레 호수를 바라보자 모든 순간들이 감사하고 아름답게만 보였다. 그때는 보지 못했던 사람 사는 모습이 눈에 들어오고, 그때는 가지지 못했던 호기심들이 솟아났다. 우리는 약 4시 반까지 6시간 동안 은공예집(Silver Smith's House) - 직물공예집(Lotus Textile Workshop) - 보트 및 담배 제작소(Boat&Cigarette Workshops) - 파웅도우 사원(Phaung Daw Oo Pagoda) - 수상가든(Floating Garden) - 응아페 수도원(Nga Phe Kyaung Monastery)을 알차게 방문했다. 시작부터 끝까지 모든 과정이 사람의 손으로 이루어지고 있었다. 한 장소에서 하나의 공예품이 만들어지는 모든 과정을 볼 수 있다는 게 인레 호수의 가장 큰 매력인 것 같다. 원래 이곳은 외국인들의 여행을 위해 만들어지지 않았을 거다. 거주민들이 오래전부터 환경에 적응해 살아가는 과정에서 발견하고 개발해 온 삶의 모습이 외부인들에게 새롭고 경이롭게 보이는 것일 거다. 이렇게 자연스럽게 생긴 삶의 터전을 방문하며 외부인의 시각으로 공간을 새롭게 바라볼 수 있는 것이 여행의 매력이자 요즘 주목받은 지속 가능한 생태 여행의 핵심이 아닐까 하고 생각해 보았다.

여행을 통해 얻은 현지 정보가 있다면 수상 호텔에 보급하는 고급 보트 하나를 만들기 위해서는 약 2,800달러가 필요하고, 완성되기까지 약 2~3개월이 소요된다고 한다. 그보다 질이 낮고 일반 거주민들이 보통 사용하는 보트는 약 220달러가 든다고 한다. 인레에서 살아가기 위해서는 가구마다 보트 한 대는 반드시 필요한 듯 보였다. 아이들 등하굣길에서부터 경제 활동 및 생필품 구매 등을 위해서 호수를 지나는 일은 필수였다. 이곳에서 어린 시절을 보내고 있는 아이들에게는 물 위에 지어진 집 위에 친구들과 뛰어노는 것이 익숙한 일이라는 게 신기할 따름이었다. 내가 만약 이곳에서 자랐다면 물로 사방이 둘러싸여 갇힌 기분이 들 것 같았다. 그러나 물은 그들에게 장애를 주지 못했고 극복해야 할 대상이자 삶의 일부일 뿐이었다.

손으로 한 땀 한 땀 엮은 은 목걸이 줄 하나를 완성하기 위해서는 꼬박 사흘이 걸리고, 옷을 한 벌 지을 수 있는 직물 하나를 완성하기 위해서도 똑같이 사흘이 걸린다고 한다. 이들에게 사흘이라는 시간은 멈출 수 없는 마라톤이다. 중간에 멈추면 어떤 것도 제 기능을 할 수 있는 제품이 되지 못하고 미완성으로 남는다. 그들의 결과물에는 수공예인으로서 생업에 종사하기 위해 수없이 지나온 시행착오의 시간과 인내가 담겨 있다. 그 전 과정을 직접 보고 제작의 고통과 수고를 느낀 방문객들은 그들의 결과물에 대해 비싼 값을 지불하기를 망설이지 않는다. 그 노력의 가치를 알기 때문이다. 내가 지금 어떤 3일을 보내고 있는지 돌아볼 수 있는 시간이었다.

엄마, 동생들과 함께 떠난 인레 호수 보트 여행

호수 환경에 적응하며 살아가는 인레 주민들

　　네피도에 돌아온 우리는 소중한 마지막 하루를 보냈다. 가족들과 함께한 일주일 동안 화도 자주 내고 짜증도 부렸다. 아직도 집에 있을 때 가족들을 쉽게 무시하고 독단적으로 행동하던 나의 습관이 나오는 걸 알고 마음이 불편했다. 엄마도 처음에는 나의 태도에 화가 나는 듯했지만 오랜만에 가족이 함께하는 시간만큼 많이 참고 인내해 주셨다는 걸 안다. 제3자의 도움도 없이 우리끼리 보낸 첫 해외여행에서 처음으로 가족들을 책임지는 선장 역할을 경험하며 내가 미얀마에 얼마나 적응했는지 점검해 볼 수 있었다.

　　나는 한국을 대표해 타국 주민들과 교류 관계를 맺으며 한국에 대한 긍정적인 것들을 알리는 역할과 함께, 한국에 있는 내지인들에게 국제교류의 중요성과 해외봉사의 가치를 이해시키고 타국에 대한 문화와 정보를 전파하는 역할 또한 맡고 있었다. 처음에 부모님은 왜 그렇게 열악한 나라에 가냐고, 왜 고생을 사서 하냐며 우려스러워하셨지만, 내가 여기서 현지인들과 인간적으로 소통하고 또 새로운 환경에 적응하며 성장해 나가는 모습을 직접 보면서 생각이 바뀌신 것 같다. 한국으로 돌아가기 직전, 엄마는 내가 존경스럽다고 하셨다.

　　네피도에 와서 3개월 정도를 지내며 나를 살아 있게 하는 일을 하고 있지 못하고 있다는 생각 때문에 힘들어했었다. 그러나 나에 대한 가족들의 무한한 지원 덕분에 그동안 내가 이곳에서 느꼈던 불확실성에 대한 두려움과 실망감에서 오는 불안감은 잠시 접어 두고, 나를 보기 위해 여기까지 와 준 가족들에게 보답하기 위해서라도 앞으로 남은 기간 동안 내 모든 소신을 다하여 성과를 거두자고 다짐했다. 훗날 미얀마에서의 시간을 뒤돌아봤을 때, 나의 선택에 결코 후회가 없었다고 말하고 싶다.

2019년 1월 아빠까지 포함한
우리 다섯 가족의 두 번째 미얀마 여행

삔우린에서 찾은 평화

　　주말에 새로운 모험이 기다리고 있다는 것은 정말 즐거운 일이다. 네피도에서 버스를 타고 북쪽으로 밤새 달려 7시간 만에 도착한 삔우린(Pyin Oo Lwin). 본래 '5월의 도시'를 의미하는 메이 묘(May Myo)라는 이름으로 불리던 삔우린은, 1896년 식민시절 만달레이에서 근무 중인 영국 관리들이 5월의 찌는 더위를 피하고자 조성한 휴양 도시다. 만달레이에서 차로 약 1~2시간이 소요되는데, 고지대에 위치해 있어 가는 길이 구불구불 험하지만 공기가 정말 시원해 강원도 산골의 느낌이 난다. 첫날은 삔우린의 대표적 관광지인, 국립 깐도지 정원(National Kandawgyi Gardens)을 여유 있게 걸으며 시간을 보내기로 했다. 당시 이곳은 영국인들과 인도 관리들로 가득 차 있었을 거다. 당시의 영향인지 아직도 길거리에는 마차가 다닌다. 마당을 포함한 서양식 저택들이 곳곳에 즐비해 있었다. 영국식 최신 조경술을 이용하여 1924년에 깐도지 정원이 조성되었다. 깐도지 정원은 호수를 끼고 거대하게 펼쳐진 삼림지다. 길 곳곳에는 수백 년이 된 거대한 나무와 한국에서 보던 소나무들이 늘어져 있어 도로를 걸어도 삼림욕 효과를 느낄 수 있을 정도다.

　　호수 주변은 온통 식당과 호텔들인데, 장소마다 큰 저택에 개성 있는 인테리어를 갖추고 있었다. 평소 네피도와 양곤에서 봤던 공원과는 차원이 달랐다. 무엇보다 군더더기 없이 청결하고 세련되게 운영되고 있는 것 같았다. 정원 내부의 분위기 있는 식당도 현지 관광객들을 이끌기에 충분했다. 정원을 구경하는 현지인들을 보니 대부분 차림새가 다른 지역에 비해 훨씬 현대화되어 있고 세련돼 보였다. 알고 보니 중국계 샨(Shan) 민족 사람들이 이곳에 많이 살고 있어서였다. 삔우린에서 동부로 조금 더 가면 중국 국경 도시로 유명한 라쇼(Lashio)가 있다. 돈 많은 현지 자본가들이 삔우린에 와서 저택을 구매해 식당 및 카페로 운영하거나 여름 별장으로 사용하고 있었다. 나는 깐도지 공원을 보며 미얀마 전역에 있는 국립공원들이 모여 각자의 운영 체계와 기술을 공유하며 함께 미얀마 국립공원의 수준을 향상시켜 나가려는 노력을 해 나가면 좋겠다고 생각했다.

　　내가 묵는 호텔에서 시내에 있는 '거버너 하우스 (Governor's House, 옛 영국 총독의 집)'를 소개해 줬다. 현재는 아리움 리조트 (Areum Resort)가 운영하고 있는 거버너 하우스는 1900년대 초반까지 버마를 식민통치하던 영국 공직자들이 더위를 피해 와서 휴식을 취하며 근무를 보던 곳이라고 한다. 2층으로 이루어진 저택은 여러 방과 수영장, 그리고 연회장들로 들어차 있었다. 밀랍 인형으로 당시 영국 관리들과 아웅산 장군을 실물처럼 묘사해 놓았다. 이 집에는 총 6명의 영국 총독들이 거쳐 갔다고 한다. 자국(영국)의 소속이 된, 아시아의 먼 타국(버마)에 와서 공직에 임했던 그들의 마음가짐은 어땠을까? 생김새도 문화도 다른 이 국가의 발전을 본인들의 소명으로 받아들였을까, 아니면 착취해야 할 대상으로만 느꼈을까? 같은 인간으로서 서로를 지배하는 구조 속에 있는 기분이 어떨까 혼자 상상해 보게 만드는 공간이었다.

입장료 4천 짯을 내면 저택 내 전시 관람과 함께 옆 리조트 건물에서 무료로 차나 음료를 마실 수 있었다. 나는 뒷마당에 앉아 포도밭을 바라보며 커피를 마셨다. 차를 마시고 시내로 걸어 나오니 우리 고향에서 보던 것과 익숙한, 작은 동네가 나타났다. '묘마(Myoma)'라는 이름의 재래시장 곳곳에 상점들이 즐비해 있었다. 특히 미얀마 군대 관련 액세서리와 알록달록 스웨터들을 파는 상점들이 많았다. 삔우린은 휴양지면서도 군인들의 도시이기도 하다. 이곳에 육군 사관학교와 육군 기술학교가 있어 곳곳에 돌아다니는 생도들을 볼 수 있다. 삔우린은 날씨가 다른 곳보다 선선한 고지대라 한국에서 입을 법한 겨울옷들을 쉽게 볼 수 있다.

위) 삔우린의 자랑인
깐도지 정원의 푸른 숲과

아래) 식민시대 유산, 거버너
하우스의 전경

| 선배 단원을 통해 배운 봉사의 의미

여행 중 만난 선배 단원은 삔우린에 생활한 지 3년이 다 되어 가는 코이카 일반봉사단원이신데, 양곤 유숙소에 있을 때 딱 한 번 만나 뵌 적이 있다. 40대의 나이에도 개의치 않고 스스로 경력을 개발하며 자아 개발을 해나가시는 모습이 인상 깊었다. 선배님의 안내로 삔우린 곳곳을 돌아다니며 그분의 활동 이야기를 더 자세하게 들을 수 있었다. 선배님은 한국에 있을 때 IT분야에서 10년 넘게 근무하시면서 경력을 쌓으며 국제기구 이직을 준비하시던 중에 KOICA 봉사를 만나게 되셨다고 한다. 삔우린의 야다나본 대학교(Yadanabon University)에 컴퓨터 분야 교수직으로 처음 왔을 때 국내에서 박사를 마친 미얀마 현지인 교수들의 텃세로 고생도 많으셨지만, 본인만의 노하우를 전수하기 위한 수업을 진행하며 점차 동료 교수들에게도 인정을 받게 되었다고 한다. 무엇보다 젊고 깨어있는 대학 총장과 직접적으로 소통을 나누며 다양한 혜택과 기회를 누릴 수 있으셨다는 점이 인상 깊었다. 대학 총장은 선배님의 능력을 믿고 엄청난 재량권을 허락해 주었다.

현지 파견 기관에서 적극 협조해 주는 환경에서 활동하고 계신 선배님의 경험을 통해 나의 현재 활동을 보다 여러 각도에서 조망해 볼 수 있었다. '봉사란, 대가를 바라지 않고 공익을 위해 나의 재능과 기술을 자발적으로 나누는 행위를 칭하는 말이지, 파견 기관에서 우리의 신분을 정의하는 단어가 될 수 없다'는 생각을 공유했다. 현지에서 보통 봉사단원이라고 하면 무시당하기에 십상이기 때문이다. 선배님은 이곳 미얀마에서는 지위가 사람을 대하는 태도에 큰 영향을 끼치며, 어떤 자격으로 왔더라도 능력이 있어야 대우를 받을 수 있다고 했다. 아무것도 하지 않고 상대측에서 먼저 인정해 주기를 기다린다면 큰 오산이며 나만의 강점을 보여야 상대도 나를 함부로 대하지 않는다는 사실을 그동안의 경험을 통해 깨달으셨다고 한다. 이 말을 듣고 나는 그동안 네피도 MDI 사무소에 도착하자마자 인정받는 일원이 되기 위해 안간힘을 쓰며 혼자 상처받았던 지난 시간들을 떠올렸다. 이제는 남의 인정에 연연하지 않고 나 스스로의 가치를 증명해 보여야 할 때라고 다시 다짐했다. 선배님은 내게 어떤 상황에도 상처를 만들지 않고 자신의 부족함을 깨닫고 성장하는 계기로 삼는 것이 중요하다며, 현재 상황에서 최대한 많은 것을 배울 수 있도록 도전해 보라고 하셨다. 일이 바쁘지 않은 것을 불평하기보다 오히려 감사하게 느끼고 다양한 곳을 여행하고 체험해 보라고 하셨다. 한국 국립 박물관에서 10년간 해외 봉사를 했던 선배님은 "봉사란 내가 주는 것이라기보다, 봉사를 하면서 내가 배우는 것 같다"고 하셨다.

　　선배님은 작은 것이라도 나누는 것이 중요하다고 하셨다. 여기서는 서로를 배부르게 해 주는 행위가 동료로서 소속감을 느끼게 하는 데 중요한 작용을 한다는 사실을 간파하신 모양이었다. MDI 사무실에 있을 때에는 이상하게 스스로 인색해지는 내 모습을 발견하고는 했다. 내가 주는 행위가 어색하거나 인위적으로 인식되는 것만 같았기 때문이다. 그리고 내가 주는 것이 그들에게는 받아들여지지 않을 것이라는 두려움이 있었다. 선배님은 함께 저녁 식사를 하던 카페에서 뻔우린 믹스커피 4봉지를 사시더니 내 숙소 앞에 도착했을 때 "기관 사람들에게 선물하라" 며 그걸 내 손에 쥐여 주셨다. 본인을 위해 사신 줄 알았던 나로서는 표현할 수 없는 큰 감동을 느꼈다. 그동안 소극적이었던 내 모습에 대한 부끄러움을 느끼며 다시 한번 나의 동료들에게 다가갈 용기를 얻었다. 나도 현재의 조건에 감사하며 남은 시간 내가 할 수 있는 최선의 성과를 거두자고 새롭게 다짐했다. 나눔은 아주 소소한 일상에서부터 만들어지고, 개인 간의 벽이 허물어질 때 함께 일하는 분위기도 만들어지는 게 아닐까 생각하게 해 준 여행이었다.

미얀마의 순례자길, 껄로 트레킹을 떠나다

| 미얀마의 추석, 껄로로 향하다

10월, 한국에는 추석이 있다면 미얀마에는 '더딘조(Thadingyut)'라는 연휴가 있다. 빛 축제(Lighting Festival)로도 불리는 더딘조는 불교식 안거 기간이 끝난 후 미얀마 음력 달력 7월에 보름달을 축하하는 행사로, 보름달이 뜨는 날 전후로 총 3일에 걸친 연휴다. 4월에 있던 새해 물 축제 '띤잔' 다음으로 큰 미얀마 명절이라고 한다. 각각 한국의 설날과 추석을 연상시킨다. 2017년 공교롭게 한국과 미얀마의 연휴 일정이 겹쳤다. 미얀마 공식 공휴일은 4~6일(수-금)인데 나는 월요일, 화요일 이틀 휴가를 신청해 주말 포함 총 9일을 쉬게 되었다. 그동안 주말을 통해 1박 2일의 여행 일정만을 계획했던 나는, 네피도에서 조금 더 멀리 벗어난 곳으로 장기간의 여행을 떠날 최고의 기회를 만났다.

작년 한국에서의 국내 교육 마지막 날, 향후 미얀마에 있을 나 스스로에게 쓴 편지가 미얀마에 온 지 6개월 만에 도착했다. 편지를 쓰던 나는 앞으로 펼쳐질 상황들을 두려워하고 있었다. 그러나 불확실한 상황에 놓이게 될 나를 위로하고 혼란 속 잊혀진 꿈을 되살려 주고 싶었다. 그래서 미래의 내게 몇 가지 약속을 했다. 그중 가장 간절했던 것은, 혼자 낯선 세상을 여행하는 법을 훈련하고 오자는 것이었다. 나는 늘 세계여행을 상상만하면서, 현실적인 장벽을 변명 삼아 자유롭게 떠날 수 없는 나 자신을 답답해했다. 이제 그 소소하지만 간절한 꿈을, 현재, 기회가주어졌을 때 실행할 때임을 자각했다. 더불어, 인터넷 검색에 따르면 더딘조는 부처가 처음으로 경전을 설교했던 그의 어머니 마야가 극락에서 환생한 순간을 환영하는데 기원을 두고 있다고 한다. 자신을 이기고 깨달음을 얻음으로써 평생의 나눔을 실천한부처의 삶을 본받아 나도 혼자만의 여행을 통해 그동안의 생활에대해 성찰해 보는 시간을 갖기로 했다.

　미얀마라는 거대한 영토의 중앙에 위치한 네피도에 거주하는 조건을 적극적으로 활용해, 양곤에서는 멀기만 한 북부 도시들을 탐험하기로 했다. 고민 끝에 목적지를 샨주(Shan State)의 껄로(Kalaw)로 정했다. 2013년 다른 한국인들과 처음 미얀마를방문했을 때 1박 2일간 껄로 트레킹을 했었다. 당시 비를 맞으며힘겹게 진흙탕 위를 걷고, 산속 사원에서 모자란 물로 샤워를 하고, 벌레에 물리며 잠을 자고, 인레에 도착해 배를 탔던 장면 속의 나는, 이 상황을 벗어나고 싶다는 괴로움으로 가득 차 있었다.지나고 나니 그때가 얼마나 소중한 기회였는지를 깨달았다. 다시 그 길 위에 나를 올려 두고 온전히 내 의지로 여정을 마치고 싶었다.

저녁 6시 네피도 묘마 시장에서 쉐따웅요 회사의 따웅지 행 버스를 다서 다음 날 새벽 2시 반경에 껄로의 버스정류장에 내렸다. 분명 와 본 곳일 텐데 새로운 느낌이 들었다. 동네가 작아서 10분 정도 걸어 '골든 껄로 인(Golden Kalaw Inn)'이라는 호스텔에 도착할 수 있었다. 만 오천 짯(11달러)에 잠깐 묵은 이 호스텔에서 나는 트레킹을 떠나기 전 충분히 휴식을 취했다. 잠에서 깨니, 새벽에 도착한 서양인 여행객들이 옆 침대에서 깊은 잠에 빠져 있었다. 아침식사를 마치고 동네의 트레킹 여행사에 도착했다. '샘스 패밀리(Sam's Family)'라는 여행사는 외국인뿐 아니라 특히 한국인 여행객들 사이에 널리 알려진 트레킹 전문 여행사로, 나도 블로그를 통해 쉽게 찾아갈 수 있었다. 출발 당일 아침 7시까지 도착해 여행 접수를 할 수 있었다. 여행사 안에는 한국인들을 포함해 미얀마인, 외국인들이 북적거렸다.

나는 충분히 걸으며 현지 문화를 체험하고 싶어 2박 3일 코스를 택했고, 가격은 5명의 팀원과 함께하는 조건으로 3만 8천 짯이었다. 2박 3일간의 식사와 현지 숙박비, 그리고 인레 호수 배 값을 포함한 가격이었다. 내 또래의 프랑스 여자 2명, 미얀마 남자 2명, 그리고 대만에서 온 여자 한 명 이렇게 총 5명이 나와 함께 2박 3일을 동고동락할 팀원이 되었다. 가이드 언니까지 총 7명이 다 함께 8시에 출발했다.

| 길 위에서 배우다

　　스포츠 샌들만 신고 맨발로 떠난 나의 발은 걷기를 시작한 지 얼마 되지도 않아 진흙으로 범벅이 돼, 제대로 걸을 수 없게 됐다. 결국, 진흙탕에 엉덩방아를 찧어 온몸이 진흙투성이가 되었다. 그때 정말 아찔했다. 가지고 있는 신발은 이것뿐이고 양말도 한 쌍밖에 없는데 앞으로 2박 3일을 보낼 생각을 하니 너무 무서워졌다. 내 피를 빨아 먹는 거머리들에게 공격받을 위험에 노출되어 있다는 사실도 내 발목을 잡았다. 돌아갈 수도 없는 상황이었다. 정석대로 양말에 운동화를 안 신고 이렇게 허술한 차림으로 온 내가 갑자기 한심하고 원망스러워졌다. 그러다 정신을 차렸다. 준비물이 불충분해도 시작한 여행을 마쳐야 했다. 더러워진 옷과 신발은 씻고, 거머리는 떼어 내면 되는 것이었다. 앞날은 생각 말고 조건이 허락하는 데까지 최선을 다해 걷기로 했다. 그렇게 마음을 바꿔 먹은 지 얼마 안 돼 기적처럼 길의 상태는 다시 좋아졌다.

　　실수로 넘어질 때마다 나는 스스로 너무 창피했다. 그러다 어느 순간 생각을 바꿔 먹었다. '넘어지는 것에 익숙해지는 법을 배워 나가야 한다'고, '넘어져도 일어나 다시 나아가는 명랑함을 유지하자'고. 그때부터 넘어지면 웃으며 일어서기로 했다. 그리고 여행을 마치고 내가 있는 곳으로 돌아와서도 그렇게 살아가자고 다짐했다. 첫째 날 오후 철로 위를 계속 걷다 보니 발목에 이상이 오기 시작했다. 그리고 다음 날까지 그 고통이 계속됐다.

하지만 여행을 마쳐야 한다는 책임감으로 걷다 보니 그 고통은 장애물이 아니라 내 여정의 일환이 되어 있었다. 걸으면서 만나는 길 또한 내가 예측 할 수 없지만 어느 상황에서든 발 디딜 곳이 있다는 게 신기하기만 했다. 길에서 경험한 모든 순간들이 앞으로의 일상을 살아갈 나를 위한 교훈을 남겨주고 있었다.

온 세상이 푸른 산과 논밭이던 미얀마 샨주 모습

| '계주땅아(고맙습니다)' 자연에 순종하는 삶

2박 3일 트레킹 기간 2번의 밤을 산속 현지인 집에서 묵었다. 커뮤니티 참여 관광 사업의 일환으로 껄로 일대의 소수민족 마을들이 여행객들에게 방을 내주고 음식을 대접하며 경제 활동을 하고 있다. 온종일 걷다가 오후 5시경에는 숙소가 있는 마을에 도착하는데, 첫날에는 다누(Danu) 민족이 사는 '사짜꽁유아' 마을에서, 둘째 날에는 파오(Pa-O) 민족들의 마을에서 묵었다. 덕분에 우리는 마을 사람들이 어떤 가옥 구조로 살아가는지, 일상생활은 어떤지에 대한 간접체험을 해 볼 수 있었다. 허름한 부엌 가운데 불을 피워 놓고 우리를 위해 밥을 짓던 아주머니의 모습이 정겹기만 했다.

무엇보다 야외에서의 목욕 체험이 가장 불편하고도 잊지 못할 순간으로 남았다. 대부분의 집은 우물 하나씩을 두고 빗물을 모아 목욕, 설거지 등 생활용수로 사용한다. 말 그대로 자연으로부터 자원을 얻는 것이다. 샤워장 같은 시설이 없으니 우리도 그 환경을 따라야 했다. 벽이 없는 야외의 개방된 장소라 평소처럼 옷을 마음껏 벗고 씻을 수 없어 난감했다. 현지 여인들의 방식대로 전통 치마를 몸에 두르고 시도했지만, 치마가 가슴 아래로 내려가지 않도록 계속 신경 쓰느라 대충 씻어야 했다. 또 젖은 몸으로 옷을 갈아입는 과정이 서툴기만 했다. 불편하다는 생각보다 내게 익숙하지 않을 뿐이라고 스스로 다독였다. 이곳 사람들에게는 이것이 일상이기 때문이다. 빗물로 하는 샤워가 이렇게 개운

하고 건강한 기분이 들게 할 줄이야. 비슷한 사람들끼리만 모여 살던 산속 마을에 전 세계의 외국인들이 찾아온다면 어떤 기분일까 생각해 봤다. 어린아이들에게는 바깥세상에 대한 호기심을 자극하고 세계 시민의식을 기를 수 있는 큰 동기부여가 될 것 같았다. 한국에도 외국인 여행객들을 위해 이런 현지 문화 체험 트레킹 코스를 만들어 보면 어떨까 상상해 봤다.

| 걸음 속 자문자답

마을에서는 바깥세상보다 하루가 더 일찍 마무리된다. 전등불이 여의치 않아 밤중에 책을 읽거나 휴대폰을 충전하는 건 상상할 수도 없었기에 일찍 잠드는 수밖에 없었다. 그리고 새벽 닭 우는 소리와 창문으로 스며드는 한기에 저절로 눈이 떠졌다. 말 그대로 삶의 방식이 자연을 따라가고 있었다. 내 삶도 잠시 단순해지고 자연에 순종하는 것 같아 평화로웠다. 보통 새벽 6시 반에 일어나 세수를 하고, 아침밥을 먹으면 7시에서 7시 반 사이에 걷기를 시작한다. 전망대가 있는 언덕이나 구멍가게를 만나 쉴 때까지 2~3시간을 말없이 걷는다. 그 걷는 시간 동안 머릿속에는 수많은 생각과 질문이 오간다. 특히 앞으로 어떻게 살아야 할까, 무엇을 할까에 관한 질문들이 계속 찾아왔다. 내가 장기간에 걸쳐 도전할 만큼 정말 하고 싶은 것에 대한 확신이 들지 않았다. 어렸을 적 품었던, 작가와 외교관의 꿈이 계속 생각났지만 내 안 어딘가에서는 할 수 없다는 목소리가 계속 그 꿈을 부정하

는 게 느껴졌다. 그러다 현재 내게 주어진 환경을 헤쳐나가는 것
도 자신이 없기 때문에 앞날도 불확실한 것 같다는 생각이 들었
다. 결론은, 꿈을 잊지 않되, 현재 할 수 있는 일에 최선을 다하자
는 거였다. 이런 걸음의 고통도 이겨내는데 앞으로 찾아온 시련
도 못 견딜까 싶을 자신감이 솟아났다.

| 파오(Pa-O) 민족의 삶 체험

트레킹을 하며 샨주의 모습이 내가 사는 강원도와 비슷하
다는 느낌을 받았다. 사방에 논밭들이 펼쳐져 있고, 감자, 고추,
땅콩, 배추, 양배추, 생강, 귤, 녹차 등 작물들도 한국에서 자주
보던 것들이었다. 특히 소나무를 만났을 때는 너무 반가웠다. 샨
주와 강원도가 자매결연 관계를 맺어 서로 농업 기술을 공유하고
품종을 개발해 나가면 좋겠다는 발상을 해 보기도 했다.

둘째 날 오전에 파오 사람들이 사는 마을에 잠시 들렀는
데, 연세 많은 할머니 한 분이 앉아 베를 짜고 계셨다. 그러면서
한 손으로는 방문객들을 위해 간식과 차를 계속 준비하고 계셨
다. 파오 민족은 중국 티벳 출신으로 약 9세기경에 현재 미얀마
영토 일부로 이주해 왔다. 현재의 몬 주에 그들만의 국가를 설립
했고 158명의 왕을 배출했다. 오늘날 그들은 샨, 인따, 따웅요,
리수 등 다양한 지역에 퍼져 있다. 전통적으로 이들은 머리에 체
크무늬의 알록달록한 두건을 하고 남색 옷을 입고 있는데, 머리
의 두건은 그들의 선조라고 믿는 용을 형상화한 거라고 한다. 가

만히 앉아 차를 마시고 있는데 할머니 한 분이 물건들을 가리키며 한번 보라고 손짓을 했다. 전통 가방이나 스카프가 촌스럽기도 하고 필요가 없어서 살 마음이 없었지만 그들의 생산품을 구매해 주는 것이 내가 방문한 마을에 기여하는 최선의 방법이라는 생각으로 열심히 물건을 골랐다. 긴 시간을 들여 열심히 만든 제품인데, 디자인들이 대부분 현지에만 맞춰져 있고 방문객들에게는 활용도가 높지 않은 것이 아쉬웠다. 문득 내 마음속에 파오 사람들처럼 나도 머리에 두건을 해 보면 어떨까 하는 발상이 들었다. 4천 짯에 스카프를 사서 가이드 언니의 도움으로 머리에 두건을 했다. 그 순간 내가 현지 사람이 된 것 같은 착각이 들기 시작했다. 그 뒤로 길을 걸을 때마다 나를 보는 마을 사람들의 눈이 달라졌다. 신기하면서도 재미있어하는 거 같았다. 다른 외국인들도 저절로 나를 쳐다봤다. 새로운 정체성을 입어보는 체험을 할 수 있는 특별한 순간이었다.

인레호수 시장에 나온 파오 소수민족 여성들

길 위에서 만난 파오민족 아주머니들과 그들을 흉내 낸 내 모습

　　둘째 날 밤에는 마을에서 불 축제가 벌어졌다. 더딘조를 맞아 산속 곳곳에 퍼져 있는 파오족 여러 마을 사람들이 한자리에 모여 마을의 각각 사원들을 함께 방문하며 등불을 밝히는 의식이었다. 마을 청년들이 악기 소리에 맞춰 흥이 나게 춤을 추고, 여자와 아이들은 음식을 나누고 등불을 밝히고 있었다. 사원 안에 각자 다른 마을을 상징하는 색의 두건들이 옹기종기 모여 앉아 있는 모습이 인상적이었다. 파오족 사람들이 따르는 종교는 대부분 불교이다. 이렇게 깊은 산속까지 사원이 들어서고 불교를 믿고 행하는 사람들이 있다는 게 신기했다. 무엇보다 이들은 내가 그동안 본 미얀마 사람들과는 다른 외모와 풍습을 지니고 있었는데 말이다. 이들에게 불교는 자연스럽게 스며 들였고, 그

달빛 아래 등불을 든 파오 마을 사람들

들의 삶의 일부로 자리 잡아 있었다. 첫날 묵었던 마을에서도 가족들이 식사를 마치고 나서 가장 연장자인 할아버지에게 절을 하고, 잠들기 전 불상을 향해 절을 올리는 모습이 인상적이었다. 이 장면을 보며 종교란 다른 것을 떠나 인간 내면의 평화와 인간 간의 공동체 의식을 길러 주는 매개 역할을 하는 것 같다는 생각을 했다. 어떤 종교가 이곳에 있어도 같은 역할을 할 것만 같았다. 따라서 종교 간에는 큰 차이가 없다는 인식이 들었다.

길 위에서 만난 소중한 인연

프랑스 여행객 2명과 미얀마 여행객 2명은 각각 친구 사이로, 여행 내내 서로를 의지하며 붙어 다녔다. 혼자 온 나는 자연스럽게 대만에서 온 '엘렌' 언니와 친해졌다. 사실 이번 여행에서는 혼자 모든 것을 해결하고 최대한 내면에 집중하리라 작정했던 내게 누군가 의지할 친구가 생길 줄 몰랐다. 그러나 나보다 3살 정도 많은 언니는 여행 내내 나를 챙겨 주며 자연스럽게 내 마음을 활짝 여는 기적을 보여줬다. 거머리에 물려 피를 흘리고 있을 때 언니는 가방에서 신속하게 약을 꺼내 소독약을 뿌려 주었는데 그때 나는 내가 스스로에게 줄 수 있는 것보다 더 큰 보살핌을 받은 것에 놀랐다. 그리고 앞으로 더 갈 수 있을 거라는 희망을 얻었다.

둘째 날은 걷는 일정이 정말 험난하고 구릉들이 많았는데 언니가 구해 준 막대기 덕분에 마지막 날 보트를 타기까지 제3의 다리로 유용하게 사용할 수 있었다. 우리는 마치 처음부터 같이 온 친구처럼, 트레킹 내내 서로 사진을 찍어 주고, 같이 간식을 나누고, 혼자서는 불편했던 야외 샤워를 도와주며 서로를 챙겨줬다. 사실 나는 내가 할 수 없는 일이 있거나 혼자 뒤처지며 걷는 게 무서울 때마다 언니를 찾고, 괜찮아지면 또 나만 생각하며 걸었다. 나의 이기적인 면을 발견했다. 그러나 나도 모르게 고마운 마음에 여행 내내 언니를 위해서만 특별히 간식을 나누는 내 모습이 신기했다. 언니를 통해 나는 일상 속 베풂이 나 자신과 타인에게 끼치는 힘을 경험한 것이다. 두려움을 느끼는 위기를 만났을 때 의지하고 도움을 요청할 수 있는 상대가 있다는 것만큼 감사한 일도 없다는 걸 깨달았다. 나도 언니처럼 타인에게 먼저 무조건적인 나눔과 보살핌을 베풀면서 누군가의 닫힌 마음을 열 수 있는 열쇠가 되고 싶어졌다.

| 작별의 시간

마지막 셋째 날은 드디어 인레를 만나 냥쉐(Nyaung Shwe)에 도착한다. 12시까지 오전 내내 걷기만 했다. 첫날부터 부어오른 발이 너무 아팠는데 그 고통은 나의 걸음을 막을 수 없었다. 한 시간을 남기고 길이 험해지기 시작했다. 좁은 내리막길에, 빗물에 길이 젖어 자칫 발을 잘 못 디뎠다가는 크게 다칠 것만 같았다. 온 정신력을 모아 한 발 한 발을 내디뎌야 했다. 너무 고통스러운데 그 고통이 즐거웠다면 나는 미친 것일까? 이렇게 고통스러울 정도로 무언가에 열중한 적이 없었기 때문인 것 같다.

어디선가 나타난 개들이 여행객들을 졸졸 따라왔다. 다들 배가 고파 굶주린 모습이었다. 평소 개들에게 마음 한 번 주지 않던 나였다. 그러다 한 녀석을 만났는데, 다른 개들과는 달리 온몸으로 꼬리를 흔들며 우리 곁을 지나가고 있었다. 애절한 눈빛도 없었지만, 그 녀석의 명랑함에 내 마음이 열렸다. 휴식을 취하려 나무 아래 앉았을 때 다가온 녀석에게, 과자를 나눠 주었다. 기다렸다는 듯 너무 맛있게 먹는 녀석의 모습에 나까지 기분이 좋아졌다. 자세히 보니 새끼를 낳은 몸 같았다. 아마도 새끼들에게 젖을 먹이다가 배가 고파 외출을 나온 거라 예상했다. 모성에 대한 연민이 우리 사이를 연결하는 것 같았다. 트레킹을 통해 내 안에 숨겨진 자비를 발견할 수 있었다.

냥쉐로 가는 인레 호수 보트를 타기 전, 선착장 근처에 있는 식당에 도착해 점심을 먹었다. 가이드 언니에게 음료수를 대접하고, 함께 해 준 팀원 5명에게 가져간 한국 책갈피를 나눠 주었다. '여행 중 감사한 인연을 만나면 선물해야지' 하고 5개를 챙겨갔는데 팀원들과 그 숫자가 같은 게 신기했다. 다들 처음 받아보는 한국 기념품이라며 기뻐했다. 선착장으로 걸어가며 2박 3일 동안 수고해 준 가이드 언니에게 팀원들이 돈을 모아 별도의 사례를 했다. 가이드 언니는 한 달에 3~4번 이렇게 트레킹 가이드를 떠나며 생계를 유지한다고 한다. 우리에게는 새롭고 낯선 길이지만 언니에게는 여러 번 반복한 지루한 길일 수도 있었다. 그 긴 여정을 반복할 수 있는 언니가 존경스럽기까지 했다. 여행 중 만나는 마을 및 식당 사람들과 언니는 이미 가족과 같은 사이였다. 어딜 도착하든 언니는 그 장소의 일손을 돕고 딸처럼 행동했다. 언니의 면모는 국경을 넘어 전 세계에 이웃 공동체를 확대시켜 나가고 싶은 내게 본보기가 되어 주었다. 세 번째 타는 인레 보트, 이젠 이곳이 이국적인 여행지가 아니라 나의 집 같다. 2박 3일간의 여정을 견디고 여기까지 나를 이끌고 온 내 의지와, 길 위에서 만난 사람들이 준 용기와 배움에 감사함을 가슴에 품고 집으로 돌아간다.

위) 2박 3일간 함께 빗속을 걷고 먹고 자던 여행 친구들과
아래) 트레킹을 마치고 냥쉐로 향하는 인레호수 위에서

나를 성장시킨 미얀마의 등장인물들

모든 고통은 무지에서 시작한다. 그러나 잘못된 것이 무엇인지 알고 고쳐 나가는 순간 나는 더욱 자유로운 존재로 성장한다. 네피도에서 보낸 지난 시간 동안 나는 무언가를 놓치지 않기 위해 스스로를 옥죄고 있었다는 느낌이 든다. 내가 쥐고 있는 것이 무언지도 정확히 모른 채 내려놓지도 못하고 스스로 버텨보려 애썼던 것 같다. 그리고 스스로 너무도 외롭고 불행한 사람이라고만 생각했다. 그러나 결국 내가 완전히 힘이 빠진 채 지쳐 버렸을 때 그 쥐고 있던 것들을 놓아 버린 듯하다. 그러자 아주 서서히 상황이 나를 도와주는 쪽으로 변화하기 시작했다.

미얀마에 와서 내게 도전 과제를 줬던 사람들이 그동안 세 명 있었다. 제일 먼저는 KDI 소속으로 2년 반 넘게 미얀마에서 파견생활 중이던 K 연구원님이었다. 그분은 내가 처음 만난 MDI 사업 관계자이자 내가 현지 상황에 대한 정보를 얻을 수 있는 유일한 존재였다. 그러나 내가 그분에게 다가가려던 시도와 그분으로부터 정보를 공유받고자 하는 욕구는 번번이 좌절됐다.

말을 걸면 오히려 잔소리를 듣는 것만 같아 나는 점점 주눅이 들고 나를 동료로 받아 주지 않는 것에 대한 서운함을 느꼈다. 그러다 나는 그분이 원하는 건 나와의 일정한 거리임을 깨달았다. 나또한 그 입장을 존중하고 섣불리 다가가지 않기로 마음 먹었다. 그 후로는 그분께 먼저 대화를 걸거나 뭔가를 요구하는 상황을 최소한으로 줄였다. 그리고 최대한 그분과 동등하거나 그분에게 뭔가를 부탁하고 요구할 수 있는 위치에 있는 사람을 통해 원하는 바를 얻자고 전략을 바꿨다.

그렇게 어느 정도의 시간이 지나자 둘 사이의 긴장이 조금은 풀리는 것 같았다. 내게 먼저 말을 건네거나 의견을 공유해 주시기도 했다. 그런 순간이 찾아올 때마다 내게도 조금씩 의견을 말할 수 있는 기회가 주어졌다. 그리고 그분이 생각하고 말하는 방식을 아무 판단 없이 받아들이자 더 편하게 느껴졌다. 이를 통해 적극적으로 상대방에게 다가가는 나의 성향이 모두에게나 맞는 것은 아니며, 특히 공적인 영역에서 처음 만날 때는 상대방이 원하는 거리를 유지해 주는 것이 상대방이 위협이나 불쾌함을 느끼지 않게 하는데 기여한다는 것을 깨달았다.

미얀마에서 두 번째로 내게 큰 도전과제를 주었던 경험은 나의 대학원 동문이자 한국에서 오빠나 다름없었던 미얀마 동료 H와의 갈등과 화해 과정이다. MDI에서 근무하는 대부분의 미얀마 연구원들은 나와 같은 시기 입학해 대학원을 같이 다닌 동문이다. 격의 없이 학교생활을 하던 우리가 일터에서 만나면서 많은 변화가 있었다. 각자의 편이 생겨버린 것이다. 그들은 여럿이었고, 나는 혼자였다. 내가 살면서 돌아갔으면 하는 순간이 있다면, 대학원에서의 내가 기숙사 조교 역할을 수행할 당시 이 친구와의 문제가 발생했던 '그날 밤'이다. 국제 대학원이었던 우리 기숙사 건물에는 전 세계 학생들이 모여 살고 있었고, 밤마다 부엌이 있는 꼭대기 층 옥상에서는 파티가 열렸다. 그날 나는 우울한 기분에 별생각 없이 옥상에 나갔는데, 거기서 그 친구를 포함한 몇몇 친구들이 술을 마시고 있었다. 규정상 기숙사 내 음주는 금지다. 나는 순간 역할 갈등을 느꼈다. 이 순간을 눈감을 것이냐, 기숙사 조교로서 규칙 수호자 역할을 할 것이냐…… 나는 엄격하게 말하기가 두려워 이것만 먹고 그만하라 했다. 그런데 그 미얀마 오빠가 아래층에서 술을 더 가져오는 게 아닌가. 나는 순간 배신감과 분노, 그리고 당혹감을 느껴 그 자리를 박차고 떠났다. 어쩔 줄 몰라 고민하다가 기숙사 사감님께 사정을 공유했는데, 그 행동이 내 큰 실수였다. 사감님은 그 친구만 혼을 냈고, 그 친구는 남들을 제외하고 자신만 고자질한 나의 행동에 증오심을 느꼈다. 그 뒤로 다른 미얀마 친구들에게도 소문을 내 그들도 나를 싫어하게 됐다.

이 상태의 심각성을 나는 미얀마에 오고 나서도 한참 뒤에야 알아차렸다. 당시 나는 그 친구에게 메시지로 여러 번 사과를 했지만 예전에 우리가 유지했던 우애를 되돌려 주지는 못했다. 나는 내가 할 만큼 했다고 여기고 그 문제를 더 이상 신경 쓰지 않았다. 그러나 미얀마에 와서 같은 공간에서 함께 근무를 하면서 나는 한 사람과의 악화된 관계가 내 근무 환경 전체에 영향을 미치며 나의 현지 적응 면역력을 약화시킬 수 있음을 깨달았다. 나의 미숙한 의사결정으로 한 사람을 상처 입혔고 그 상처가 내 파견 생활에 끼친 영향력은 어마어마했다. 같이 일하는 사람들과의 인간관계가 좋지 않으면 직장 생활이 행복할 수 있을까? 몇 개월 후 그 친구와 가까운 동료를 통해 그 친구 입장을 공감할 수 있었고 진심의 미안함을 느끼며 장문의 사과 메시지를 작성했다. 마치 마법처럼 그 친구의 나에 대한 미움이 누그러졌고 예전처럼 이야기도 나누고 마주 보고 밥을 먹을 수 있게 되었다. 이 경험을 통해 누군가와의 화해는 내가 원하는 시간에 내가 원하는 방식으로 이루어지는 것이 아니며, 사과에 앞서 그 상대방을 상처 입힌 정확한 나의 잘못과 그로 인해 그 사람이 느꼈을 고통을 진심으로 이해하는 것이 우선시되어야 함을 배울 수 있었다. 그리고 내 잘못과 상대방의 마음을 보다 잘 이해하기 위해서는 상대방과 가까운 사람들의 도움을 청하는 게 도움이 된다는 것도.

마지막으로 MDI의 현지 관리자 T와의 관계 개선을 통한 배움이다. 미얀마 측을 대표해 코이카와 소통하며 MDI 사업의 운영을 도맡아 하고 있던 그 관리자는 나의 파견 활동을 직접적으로 관장하고 있는 장본인이었다. 즉, 나의 보스(Boss)였던 것이다. 그녀와 나 사이는 어색했다. 기관 관리자로서 그녀의 안내와 감독을 받아야 함에도 그런 관계가 자연스럽게 조성이 되지 않았다. 초반에는 기관에 나를 책임지고 관리해 줄 사람이 없다는 사실에 절망했으나 곧 내 방식대로 기관 내에 적응하기 시작했다. 나에 대한 피드백을 주는 존재가 없다는 것은 외부인으로서 나의 존립을 위협하게 된다. 내가 어떤 규제나 허용 가능 범위 없이 자유롭게 행동했을 때 나는 구성원들의 눈엣가시가 되는 것이다. 나는 그러한 사태에 대한 불감증으로 마치 내가 MDI에 원래부터 있어 왔고, MDI에서 중요한 역할을 하는 주인인 것 마냥 행세하고 다녔다. 계속 이렇다가는 현지 직원들과 사이가 더욱 악화되고 나는 오도 가도 못하는 외톨이 신세가 될 것만 같았다.

결국 나는 그녀를 유일한 구원자로 여기고 찾아가 내 솔직한 감정을 공유하며 도움을 청했다. 나 또한 그녀의 솔직한 입장과 심정을 들을 수 있었다. 대화를 통해 그동안 내가 해 왔던 언행들이 내가 속한 공동체와 구성원들에게는 다른 방식으로 보일 수 있고, 이런 사소한 오해가 나에 대한 그들의 태도를 부정적으로 만드는데 영향을 미칠 수 있음을 깨달았다. 듣고 보니 다른 사람들의 입장이 이해가 갔고, 마땅히 내가 수정해야 할 행동 패턴이 있었다. 나는 그녀에게 잘 이해했고 알려 줘서 고맙다는 표현과 함께 그 규칙을 따르도록 노력하겠다는 의사를 보여줬다. 그동안과는 다른 방식으로 나를 해석하고 다른 시각을 받아들이는데 고통스러웠지만, 한편으로는 무지에서 벗어났음에 대한 감사

함이 들었다. 이렇게 서로의 솔직한 입장을 공개하자 서로에게
보다 편해진 기분이 들었다. 그녀가 먼저 자신의 그대로의 표정
을 보여주기 시작했다.

이렇게 나는 한 공동체의 구성원으로서 나를 유연하게 변
화시켜 나가는 법을 배워나갈 수 있었다. 인생에 소중한 인간관
계의 교훈과 기술을 이곳 미얀마에서 배울 수 있었다는 사실에
너무도 감사하다.

외롭고 힘들었던 네피도 생활에 힘이 되어준 친구들

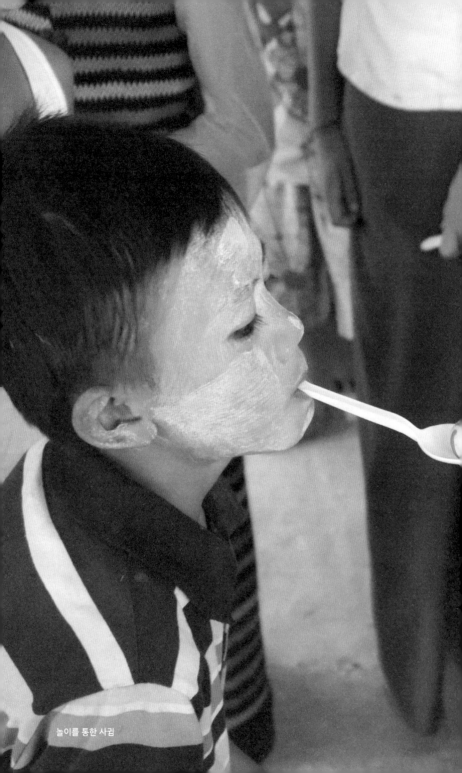

놀이를 통한 사귐

Ⅲ

다시 돌아온 미얀마

몸은 한국에, 마음은 미얀마에

KOICA 봉사단으로 미얀마에서 1년간 약속된 나의 시간은 끝났고, 한국에 돌아와야만 했다. 그리고 6개월간 나의 치열한 구직전쟁과 석사 졸업을 위한 논문 작성이 동시에 이루어졌다. 한국에 와서 몇 개월은 우울증에 시달렸다. 내가 할 수 있는 게 없다는 부정적 믿음이 여전히 존재했고, 미얀마에서 받은 무시와 상처의 경험이 내 안에서 되새김질했다.

동시에 나의 마음은 계속 미얀마에 가 있었다. 그렇게 아픈 상처를 겪었던 곳인데 왜 다시 가고 싶냐고 주변 사람이 내게 물었고, 나 스스로에게 묻기도 했다. 상처가 만들어졌던 곳에서 상처를 치유하고 싶었다. 나의 무능력함을 느꼈던 곳에서 '나는 할 수 있는 존재'라는 걸 스스로에게 보여 주고 싶었다. 무엇보다 떠나오니까 그곳에서 하지 못했던 것들이 생각이 났다. 미얀마에서 매일 사용하던 현지어가 머릿속에 계속 맴돌았다. 내가 좋아하던 미얀마 가요를 찾아 가사를 적고 따라 부르며 그리움을 달랬고, 그러다 페이스북 페이지를 개설해 직접 노래를 부르는 영상을 녹화해 공유했다. 그러면서 말할 줄만 알았던 미얀마어를 쓸 수 있는 능력이 생겼다. 나를 응원해 주는 미얀마인 친구들도 생겨났다. 내 주변의 한국 친구들에게 미얀마의 전통 음식인 녹찻잎 샐러드 '라팻똑(Lahpet Thoke)'을 직접 요리해 대접하기도 했고, 미얀마 이주 노동자들이 모여 사는 동네를 방문하여 미얀마 식당에서 밥을 먹기도 했고, 미얀마와 관련된 모든 행사를 찾아 돌아다녔다. 덕분에 한국에서 미얀마와 관련해 활동하는 다양한 공동체들을 알게 되었다.

그러나 내게는 해결해야 할 과제가 있었다. 대학원 졸업이 계속 미뤄지고 있었다. 졸업장이 없으니 지원하는 곳들에서 빈번히 낙방했다. '논문을 작성할 수 없다'는 부정적 믿음이 나를 괴롭혔다. '내 삶이 바닥을 찍는구나' 하고 느끼고 나서 어느 순간 논문을 쓰고 있는 나를 발견했고, '나는 졸업할 수 없을 것'이라는 또 다른 부정적 믿음이 거짓임을 증명해냈다. 내 삶의 피할 수 없던 과제를 해결 하고 나자, 그토록 원하던 미얀마 재파견의 기회가 찾아왔다. 'NGO 봉사단 모집' 공고가 났고, 미얀마로 파견을 보내는 NGO 단체 세 곳에 지원서를 냈다.

5개월간의 긴 여정 끝에, 2018년 7월 18일 드디어 나는 '월드 투게더(World Together)'라는 국제개발협력 NGO 단체의 미얀마 파견 봉사단으로 합격했다. 봉사단 신분이지만 사업과 조직의 실무자 역할을 할 수 있는 기회였다. 미얀마에서의 두 번째 장(章)을 열게 되었다. 일주일간의 국내 교육을 마치고 2018년

8월 28일 양곤에 도착했다. 내 삶에 있어 세 번째 미얀마 방문이다. 그동안은 우연한 인연으로 미얀마에 오게 되었다면, 이번에는 전적으로 나의 선택으로 미얀마에 왔다. 예전에는 처음이니까 새로운 환경에 나를 맡겨 보자는 마음이었다면, 이번에는 이미 아는 곳임에도 불구하고 나의 선택으로 온 곳이니까 더 잘해 보자는 책임감이 컸다. 아침에 숙소 앞 식당에 나가 내가 가장 좋아하는 미얀마 쌀국수 모힝가를 마음껏 먹고 있는 내 모습을 온전히 느꼈을 때의 그 감격을 잊을 수 없다.

'내가 나를 이곳으로 데려온 장본인이고, 동시에 이 모든 순간을 가능하게 해 주신 것은 하나님이시다. 하나님께서는 내가 새로운 도전에 준비된 상태가 되도록 그동안의 모든 시험과 시련의 과정들을 예비하셨다. 그동안 내가 겪은 고통은 모두 값어치 있는 것들이다'

두 번째 미얀마 파견을 준비해 나가는 과정을 통해, 이러한 믿음이 내 안에 깊숙이 새겨졌다.

내가 오고 나서 변한 것과 변하지 않은 것

NGO(Non-Governmental Organization의 약자로, '비정부기구'를 의미하며 '엔지오'라 부른다)를 내 다음 여정으로 선택한 것은 국제개발협력 분야를 선택한 내 삶에 있어 피해갈 수 없었던 운명인 것 같다. 정책적인 관점에 초점을 맞춘, 정부 주도의 거시적 개발협력 사업에 대한 따분함과 회의를 느끼고 있을 때, 한 번도 경험해 보지 못한 NGO 활동에 대한 환상이 있었기 때문이다. 파견되기 전 나에게 있어 NGO란, 사업의 규모는 작지만 가장 가난하고 소외된 지구촌 이웃들을 위해 가장 먼저 달려가며, 사업 예산이 후원자들의 손에서 나오기 때문에 보다 책임감 있게 사업을 운영해 나갈 수 있을 것이라 생각했다. 무엇보다 미얀마 현지 주민들과 보다 친밀하고 건설적인 관계를 쌓아갈 최적의 기회라고 믿었다.

NGO 봉사단이 KOICA 봉사단원과 크게 다른 점은 소속과 역할이 보다 분명하다는 점이었다. NGO 본부와 지부의 수요로 모집되었고, 본부 및 지부의 직원이나 다름없이 근무하기 때문에 맡은 업무가 확실하다. 지부에서는 거의 유일한 한국인 활동가이기에 없어서는 안 될 존재다. 나는 6개월간, 이 단체의 미얀마 지부에서 지부장님 다음으로 책임 있는 직원으로 근무했다. 현지 직원 2명이 있었지만 한국어 소통에 대한 제약과 함께 본부 사정을 잘 모르는 이들이 지부 행정의 전반을 관리하고 본부의 요구에 응답하기에는 한계가 있었다. 현지 직원들은 말 그대로 현지에서 현지인만이 할 수 있는 것들을 도와주는 존재였고, 나는 이 현지 직원들과 협력하여 한국 본부의 지침과 미얀마 지부의 역할 모두를 충족시켜야 할 조정자였다.

미얀마 지부에 와서 가장 먼저 배운 것은 공문서 기안 작성법이었고 지부 월간 보고서와 사업 결과 보고서 작성을 담당했다. 현지 사업장을 방문할 때면 우리 단체가 기획한 취지대로 사업이 진행되고 있는지 점검(모니터링)하고, 현지 직원을 통해 사업 파트너에게 반드시 전해야 할 메시지를 전달하거나 정보를 구했다. 현지의 문맥과 일맥상통하면서도 적절한 사업을 추진하기 위해서는 좋은 경청자가 되어야 함을 배웠다. 현지 직원과 파트너들의 의견을 주의 깊게 듣고 반영 여부를 진지하게 고려할 수 있어야 한다.

내 전임이 한국으로 복귀하고 약 5개월간 지부에는 한국인 활동가가 부재했다. 내가 오고 나서 변한 것과 여전히 변하지 않은 것은 무엇이었을까? 먼저, 지부 사무소 모습이 바뀌었다.

다른 NGO들처럼 우리도 일반 가정용 콘도를 임대해 사무소로
활용했다. 임대 계약이 끝나는 1년마다 이사를 다녀야 하는데,
내가 오기 두 달 전에 이사를 해서 사무용품들이 어수선하게 놓
여 있었다. 나는 이 물건들과 과거 공문서들을 가지런하게 정돈
했다. 사무소답게 운영되기에 필요한 문서보관용 캐비닛, 전자
레인지, 정수기를 구매하기 위해 직접 시장조사를 한 뒤 본부에
예산 신청을 했다. 본부와의 소통에 한계가 있는 현지 직원들이
라면 나서기 어려웠을 거다.

　　두 번째로는, 업무 과정에 현지 직원들의 의견이 반영되기
시작했다. 그전에는 지부장님과 현지 직원들 간의 수직적 관계
가 유지되고 있었고, 영어로 소통한다고 해도 소통의 장벽이 있
었다. 그래서 그동안은 주어진 일만 해 온 것 같았다. 나는 이 직
원들과 같은 위치에 근무하며 이들의 목소리를 들었고, 의사결정
과정에 이들의 의견을 반영시키기 위해 노력했다. 특히 바뀐 것
은 어린이결연 사업장 방문에서다. 우리 지부는 미얀마 양곤의 흘
레구(Hlegu)와 흐모비(Hmawbi) 지역에 사는 약 60명 아동들의 교
육 과정을 지원하기 위한 아동결연 사업을 운영하고 있는데, 매달
아이들을 찾아가 쌀, 영양식품, 학용품 등을 나눠 주고 있다. 현지
직원 두 명만 근무할 때는 방문해서 물품만 주고 돌아왔다고 한
다. 나는 물품 지급과 함께 간단한 수업을 준비하자고 제안했다.
현지 직원 둘은 기다렸다는 듯이 기뻐하며 준비해 놓은 아이디어
들을 내게 공유했다. 그렇게 우리는 9월에는 아이들이 서로 친해

질 수 있는 놀이를, 10월에는 손 씻기에 관한 수업을, 11월에는 가정 내 체벌을 방지하는 학부모-자녀 워크숍을, 12월에는 구급 키트 사용 방법에 관한 수업을 진행했다. 현지 직원들이 아이들에게 우리가 함께 기획한 교육을 펼치는 동안에 나는 상황을 점검하며 순간들을 사진으로 기록했다. 표정이 굳어 있고 서로 어색해하던 아이들이 남녀노소 가리지 않고 친해져 웃고 떠드는 모습을 볼 때마다 내 마음은 흐뭇함으로 가득 차올랐다.

여전히 변하지 않은 것이 있다면 사업 운영의 지침이다. 아무래도 나는 주요 의사 결정자가 아닌 단원 신분이니, 본부의 의사 결정에 영향을 미칠 수 있는 영향력이 부족했다. 현재로서는 단순한 물품 지급만으로 이루어진 어린이 결연 사업이 학부모들의 생계 개선에도 도움이 될 수 있는 방향으로 다각화되어야 한다고 제안했다. 구순구개열 수술 지원 사업도 수술 환자들에게 단순히 교통비와 식비를 지원해 주는 것에서 나아가 수술을 담당하는 치과대학병원의 역량 개발 및 환자들의 수술 후 사후관리 및 보건에 대한 인식개선에도 초점을 맞춰야 한다고 제시했다. 직접 관찰하고 조사한 현지 상황을 보고했지만 큰 변화를 이끌어 내지 못해 아쉬운 마음이 컸다. 현재 내 위치에서 할 수 있는 것에 집중하고 훗날 내가 지금보다 더 성장해 사업의 방향을 결정할 수 있는 기회가 주어진다면 이 당시 현장에서 쌓은 교훈과 통찰력을 활용하리라 다짐했다.

한-미 미녀 3총사, 우리는 한 팀

     활동 기간 나는 현지 직원 두 명과 꼭 붙어 다니며 한 팀으로 일했다. 한 명은 또띠, 다른 한 명은 몬몬이다. 또띠는 나와 동갑인데 이미 다른 국제 NGO에서 3년 이상 경력을 쌓고 6월부터 우리 지부 사무소에 합류했고, 몬몬은 양곤외국어대학교에서 한국어학과를 졸업한 사회 초년생으로 5월부터 우리 식구가 되었다고 한다.

     우리 셋은 매주 평일마다 얼굴을 보고, 같이 점심식사를 하고 사업장에 나가며 대부분의 시간을 함께 보냈다. 어디를 가든 셋이 함께였다. 셋이서 시장 조사를 하기 위해 양곤에 안 가본 시장이 없고, 출장 기간 점심을 먹기 위해 양곤의 맛있다는 식당은 다 다녀 봤다. 업무를 위한 소통언어로 미얀마어, 영어, 한국어를 모두 사용했다. 덕분에 내 현지어 실용 능력이 저절로 향상되었다. 또띠는 나랑 같이 사무소에 살았기 때문에 더욱 각별했다. 사무소 안에 부엌이 있다 보니 하루 세끼를 요리해 먹기도 했다. 나는 한국 음식을 요리해 대접했고, 또띠와 몬몬은 미얀마 음식을 대접해 우리는 매일 다채롭고 풍성한 식사를 할 수 있었다.

그러나 항상 화기애애한 순간만 있던 것은 아니다. 모두 여자이고, 매일 얼굴을 보다 보니 서로 간 의견 차이와 신경전이 있던 순간도 있었다. 특히 나는 지부장님을 제외하고 유일한 한국인이면서 본부에서 파견되다 보니 사무소 전반과 직원들을 관리해야 한다는 의무감과 책임감이 있었다. 처음 나의 신경을 거슬리게 한 것은 출퇴근 시간문제였다. 보통 미얀마에서는 오전 9시부터 오후 5시까지가 근무시간이다. 그런데 또띠와 몬몬은 9시 출근 시간을 잘 지키지 못했다. 몬몬은 집이 멀어서 그렇다 치고, 또띠는 사무소 안에 사는데도 9시가 다 되어서야 씻으러 나왔다. 처음에는 내가 전화로 깨워 주기도 하고 아침밥도 같이 차려 먹었는데, 내가 왜 이러고 있어야 하나 싶어 분노가 일었다.

나는 이들이 충분히 지킬 수 있음에도 불구하고 규칙을 쉽게 생각하고 일부러 늦는 것이라 느껴 화가 났다. 나만 출근 시간을 지키는 게 불공평하다고도 생각했다. 처음에는 "시간을 지키자~" 하고 좋게 이야기하다가 그다음부터는 "왜 늦은 거야? 좀 지키자." 하는 식으로 말이 바뀌었고, 그다음에는 "내가 왜 너희 출근 시간을 신경 써야 하는 거야? 좀 신경 안 쓰게 해줘!" 하고 고함을 치는 상황까지 왔다. "Flexible Office Time(유연 근무)이라고 있잖아, 신경 쓰지 마. 우리가 알아서 할게."라는 이들의 대답에 나는 화가 머리 꼭대기까지 났다. "출근 시간은 다른데 퇴근 시간은 같은 게 Flexible Time이라고? 충분히 일찍 나올 수 있잖아. 그럴 거면 출근 시간을 10시로 하고 6시까지 근무를 하던지." 하고 나는 말했다. 이렇게 일단락되었지만 사이좋던 우리가 출근 시간에 관해서 이야기할 때면 싸늘해지는 게 스스로 너무 속상했다. 서로 관계가 안 좋아지면 어떡하나 하고 걱정을 하기도 했다. 지부장님께서는 항상 '팀워크'가 중요하다고 강조하셨는데 내가 그 팀워크를 해치고 있는 것만 같아 두려움을 느꼈다. 또띠와 몬몬은 그 뒤로 아침에 늦는 날에는 저녁에 근무를 더 하다 갔다. 서로 어느 정도 양보를 한 듯했다.

그래도 우리는 매일 한 지붕 아래 한 밥상에서 같이 밥을 먹는 사이라서 그런지 하루만 지나면 사이가 다시 좋아졌다. 일 때문에 계속 소통을 해야 했기 때문이다. 또띠와 몬몬은 내가 미얀마에서 만난 최초이자 최고의 팀원들이었다.

6개월간 나와 한 팀이 되어준 동료 몬몬(왼쪽)과 또띠(가운데)

우리 미얀마 어린이들에게는 뭐가 필요할까?

매달 후원자님들이 보내 준 어린이 결연 후원금은 본부를 통해 미얀마 지부로 보내진다. 사업비는 크게 직접 사업비와 프로그램비 및 지부 운영비로 나뉘는데, 직접 사업비가 약 80%로 가장 큰 비중을 차지한다. 직접 사업비는 어린이의 월간 성장을 위한 지원 물품을 구매하는 데 사용된다. 매달 어린이들에게 필요한 물품을 고르고 구매하는 건 모두 나와 현지 직원들의 몫이다. 그래서 우리는 매달 무엇을 구매할지 깊은 고민을 하고 시장 조사를 해야 했다. 한정적으로 주어진 자원을 어떻게 사용해야 아이들에게 장기적인 영향을 미칠 수 있을까? 나 또한 깊은 고민을 했다.

내가 있던 2018년 9월부터 2019년 1월까지 5개월간 지급된 물품들은 모두 스토리가 있다. 일단 우리는 약 24kg의 쌀을 의무적으로 매달 지원하는데, 대부분의 아동이 형제자매가 3명 이상인 대가족이고 미얀마의 주식은 쌀인지라 2주면 동이 난다고 한다. 쌀을 사고 남은 절반의 금액을 가지고 기타 물품들을 구매한다. 학부모와 방과 후 학교 선생님들의 의견에 따라 학용품이나 교재를 지급하기도 한다. 나의 의견으로 9월에는 동화책이, 10월에는 색연필 세트가, 11월에는 책상용 전등이 포함되었다. 특히 책상용 전등은 전기가 잘 들어오지 않는 농촌 마을에 필수적이라고 생각했다. 어둠 속에서 글을 읽을 수 있을 정도로 불빛이 밝고, 무엇보다 태양열로도 전력 충전이 가능해 전기가 들어오지 않는 가정에 유용하게 사용될 수 있었다. 이 불빛이 아이들의 학업에 도움이 되면 좋겠다.

12월에는 경제적 어려움과 거리 때문에 병원에 바로 갈수 없는 아동과 아동의 가족들을 위해 모든 응급 약품들이 포함된 구급 키트(Emergency Kit)을 준비했다. 이것은 해외 봉사단으로서 나의 경험을 살린 아이디어였다. 사업창 방문 당일, 현지 직원을 통해 물품들의 용도를 익히는 세미나를 진행했다. 가정에서 가족구성원과 아이들 스스로 사용할 수 있도록 하기 위함이었다. 처음 보는 물건들에 아이들의 눈빛이 반짝거렸다. 열악한 환경에 사는 아이들이 건강하게 성장하며 공부하길 바란다.

1월에는 앉은뱅이책상을 주문했다. 한국 돈으로 만 원밖에 안 하는 금액이었지만 아이들이 평소에 누릴 수 없는 것이었다. 12월에 한 아이의 가정을 방문했을 때 상다리가 들쑥날쑥 튀어나온 나무 책상을 발견했다. 집에서 만든 것 같았다. 이렇게 작고 무거운 책상에서 공부한다고 생각하니 마음이 아팠다. 그래도 매번 좋은 성적을 얻는다니, 얼마나 기특한가. 더운 날씨

를 견디며 무너져가는 대나무 집에서 아이들이 공부에 집중하는
건 쉽지 않을 거다. 이 책상과 전등으로 아이들이 미래의 꿈을 향
해 열심히 즐겁게 공부하길 바란다. 만약 나의 가족 형편이 힘들
어 공부를 하고 싶어도 이어 나갈 수 없는 상황에서 누군가 나의
교육을 응원하고 지원하고 있다는 걸 알면 얼마나 힘이 될까? 그
후원자 역할을 경험해 볼 수 있어 감사했다.

위) 책상 선물을 받고 집으로 돌아 가던 여자 아이들의 미소
아래) 의약품 사용법에 대한 설명을 열심히 듣고 있는 아이들

위) 어린이들과 처음 만난 날
중간) 한국의 후원자님에게 보낼 감사의 그림편지를 들고
아래) 시간이 갈수록 사진 속 우리는 전보다 활짝 웃고 있었다

버마의 비단구렁이, 아웅 라 상

2018년 10월 26일은 '버마의 비단구렁이(Burmese Python)' 로 알려진 격투기 선수 '아웅 라 상(Aung La Nsang)'의 경기가 있 는 날이었다. 아웅 라 상은 현재 원 챔피언십(One Championship) 의 미들(middle) 및 라이트-미들 웨이트(light-middle weight)급 세계 챔피언이다. 그는 격투기라는 스포츠로 미얀마를 전 세계 에 알리고 있다. 미얀마에 격투기 세계 챔피언이 있었다니, 나도 미얀마에 살면서 처음 알게 된 사실이었다. 게다가 그는 잘생기 고 남성적인 외모까지 갖춰서 여성 팬들까지 엄청나다. 그를 처 음 알게 된 것은 한 미얀마 지인의 페이스북에서였다. 카친 주 (Kachin State)를 방문한 그 지인과 아웅 라 상이 아이들과 주민들 에게 둘러싸여 있는 사진을 보고, 나는 처음에 그가 사회운동을 하는 사람인 줄 알았다. 알고 보니 격투기 세계 챔피언으로서 국 민 영웅이 된 그가 고향을 찾아 마을 사람들의 환영을 받는 모습 이었다.

이번에 나도 그의 경기를 직접 눈으로 보고 싶어 무료 표

아웅 라 상의 경기가 있던 날의 뜨거운 열기

를 구해 현지 친구들과 함께 뚜원나(Thuwunna) 실내 경기장을 방문했다. 경기장 안은 수천수만 명의 미얀마사람들로 가득 차 있었다. 모두가 이날만을 손꼽아 기다려 온 것 같았다. 경기 한참 전부터 각종 언론매체와 텔레비전 광고, 그리고 SNS에서 그의 경기를 홍보해왔다. 약 3시간 동안 10개의 경기가 이어진 끝에 맨 마지막으로 아웅 라 상의 경기를 볼 수 있었다. 그가 등장할 때 나오는 미얀마 노래를 모든 관중이 한목소리로 따라 부르며 환호했다. 아웅 라 상과 겨룰 도전자는 레바논 출신의 선수로, 1라운드가 시작한 지 2분 30초 만에 아웅 라 상에게 참패했다. 모든 사람이 비명을 지르며 환호했고 경기장은 열기로 가득 찼다. 아웅 라 상은 또 한 번 미얀마인들에게 승리의 기쁨을 가져다주며 10월

26일 밤을 멋지게 장식했다. 미얀마인들이 민족 상관없이 너도 나도 사랑하는 챔피언 아웅 라 상은 누구인가? 인터넷으로 그에 대한 조사를 더 해봤다.

아웅 라 상은 미얀마 영토의 최북부에 위치한 카친 주(Kachin State) 미찌나(Myitkyina)에서 태어나, 2003년 미국으로 이주할 때까지 양곤에서 체육관을 다니며 운동에 대한 홍미와 체력을 길러왔다고 한다. 그는 미국 미시간주의 앤드류 대학에서 농업과학을 전공하며 브라질 스타일 주짓수와 다른 스포츠를 배워왔다. 그러다 그는 무술로 종목을 바꾼다. 대학 졸업 후 그는 전공을 살려 양봉가(꿀을 얻기 위해 벌을 기르는 사람)로 활동하다가, 그의 주된 홍미였던 전업 무술인의 삶을 선택한다. 그렇게 그는 잠자는 시간을 제외한 하루의 대부분 시간을 무술 훈련에 투자해왔다.

2005년 경기장에 처음 데뷔하고, 곧 실력을 인정받아 '버마의 비단구렁이(Burmese Python)'로 불리기 시작한다. 거의 10년이 넘는 선수생활 동안, 아웅 라 상은 괄목할만한 재능과 민첩함으로 승리를 거둔다. 2014년 원 챔피언십(One Championship)과 전속 계약을 맺은 2년 후 2016년 아웅 라 상은 미얀마에 돌아와 치른 경기에서 우승하는 동시에 '국민 영웅'으로 떠오른다. 그의 오랜 훈련과 실력의 연마가 빛을 발한 순간이었다. 이후 그는 미얀마 정치인들에게도 주목을 받았고 휴대폰, 음료, 은행 등 다양

한 광고의 전속 모델로 발탁되며 부와 인기를 얻기 시작한다. 백
전백승의 성취와 함께 그를 향한 미얀마인들의 사랑과 인기는 지
금까지 쭉 이어지고 있다.

2017년 그는 미들 웨이트(middle weight)급 세계 챔피언으
로 등극해 미얀마인들과 전 세계를 다시금 놀라게 한다. 미얀마
인들은 다 함께 찻집에 모여 앉아 그의 경기를 관람하며 응원하
는 것을 낙으로 여겼고 승리와 함께 환호성을 질렀다. 나도 2017
년에 미얀마에서 텔레비전으로 경기를 보며 그 승리의 희열을 함
께 느꼈다. 2018년 2월에는 브라질 출신 선수를 이기며 라이트
해비(light-heavy)급 챔피언이 된다. 6월 29일에는 일본 출신 선
수와의 경기에서 연속으로 승리를 거두며 챔피언으로서의 입지
를 다지게 됐다. 어떻게 그는 이렇게 계속해서 승리할 수 있는 것
일까? 그 힘은 그의 조국인 미얀마에 대한 애국심과 가족에 대한
믿음과 사랑에 기반하고 있다고 보인다.

국민 통합적 측면에서 보았을 때 아웅 라 상이 미얀마에
서 가지는 함축적 의미는 크다. 그는 미얀마 국군과 오랜 전쟁을
치르고 있는 카친 주 출신으로서, 미얀마라는 국명을 내걸고 전
세계 챔피언으로 등극했다. 스포츠가 가진 특성답게, 이는 미얀
마 국민 전체의 마음을 하나로 모아 애국심으로 정신을 통합시키
는 데 기여해왔다. 국가 고문 아웅 산 수 치 여사까지 아웅 라 상
을 직접 불러 대면한 것을 보면 그가 가진 영향력을 알 수 있다.
그가 카친 주를 방문할 때면, 온 동네에서 사람이 몰려들어 축제

가 벌어진다. 그는 카친 주뿐만 아니라 미얀마 전역의 젊은이들에게 무엇이든 헌신해 노력하면 성공할 수 있다는 꿈과 희망을 심어 주는 롤 모델이기도 하다. 이번 10월 26일 경기에서도 미얀마 팬들에게 하고 싶은 말이 있냐는 사회자의 질문에 "우리가 하나로 뭉치면 못 이룰 것 하나 없다. 지금의 도전은 단지 시작일 뿐이다."라고 외쳤다. 직접 행동을 통해 도전과 승리의 본보기가 되어 준 아웅 라 상의 메시지는, 어떤 정치인이 내뱉은 목소리보다 강력할 것이다. 그렇기에 미얀마 정치인들조차 그에게 지원과 관심을 아끼지 않는 게 아닐까? 오랜 민족 갈등과 내전으로 흩어진 국민들에게 통합을 위한 동기부여를 하며 정신적으로 큰 기여를 하고 있는 인물이기 때문이다.

아웅 라 상의 인기 비결 중 하나는 그의 가족에게도 있다. 원챔피언십은 경기 시작 직전 양측 선수들의 배경과 이야기를 소개하는 동영상을 보여주는데, 아웅 라 상은 매번 그의 화목한 가족 분위기를 보여 줘 왔다. 그는 케이티(Katie)라는 미국인 여성과 결혼해 다문화 가정을 이루었다. 두 사람은 2009년 아웅 라 상이 미국의 무술 도장에서 훈련을 하고 있을 때 처음 만났다고 한다. 둘은 2013년 결혼했고, 2015년 아웅 데(Aung De)라는 예쁘고 귀여운 아들이 태어났다. 아웅 라 상이 가족과 떨어져 훈련에 돌입한 공백 기간에도 아내 케이티는 그의 빈자리를 견디며 가정을 돌보았다. 남편의 개인적 커리어를 전적으로 지지하는 케이

티의 헌신을 보며 아웅 라 상의 그녀에 대한 신뢰와 사랑은 깊어졌을 거다. 경기장에서는 카리스마적인 모습을 보이다가 집에서는 한없이 다정한 가장의 역할을 하는 아웅 라 상의 인간적인 모습은 팬들의 사랑을 얻는 또 하나의 이유다.

보면 볼수록 매력에 빠지는 아웅 라 상. 나도 어느새 그의 팬이 되어 버렸다. 미얀마를 알아가거나, 미얀마에 살아가고 있는 한국인이라면 꼭 알아야 할 인물이다.

리더의 길은 외로워

내가 파견 생활을 한 지 막 2개월이 되었을 때다. 원래는 지부장님께서 한 달에 열흘 정도 한국에 다녀오셨는데, 11월부터 집안에 일이 생겨 계속 한국에 계셔야 한다고 했다. 그러면서 갑자기 내가 지부의 가장 높은 책임자 역할을 해야 하는 상황이 닥쳤다. 가장 걱정이 되는 것은 재정 관리였다. 그동안 조직에서 재정 관리를 해 본 적도 없는 내가 지부 재정을 모두 관리해야 한다니… 혹시 실수라도 해서 내가 모든 책임을 져야 하는 상황이 두려웠다. 하지만 받아들여야 하는 현실이었다.

지부장님께서 내년 1월 중순 복귀하실 때까지 약 두 달 반동안 나 혼자 지부를 책임졌다. 현지 직원들이 있었지만 나만이 느껴야 할 의무 같은 게 있어 외롭기도 했다. 그래서 그런지 신경이 더 날카로워지고 언어 표현도 더 공격적으로 되었다. 지부 월간 보고서와 기타 주요 기안들은 모두 내가 작성해야 했기 때문에 눈코 뜰 새 없이 바쁜 시간이 이어졌다. 그전에는 미얀마 노래도 공부하고 운동도 하는 여유로운 시간이 있었는데 파견 간사로서의 의무를 행하는 것이 우선순위가 되어 버리는 바람에 내 개인 시간이 줄어든 게 가장 힘들었다. 모르는 것이 있으면 본부에 물어봐야 하는데 한국과의 물리적 거리와 시간적 차이로 인해 즉각적인 답변을 주고받기가 어려워 인내심을 가져야 했다. 막중한 책임과 의무로부터 벗어나고 싶은 마음이 차오를 때가 많았지만, 한고비 한고비를 넘길 때마다 단련되는 나 자신을 느꼈다. 내게 일복이 터진 것이라 좋게 생각하기로 했다.

또 다른 도전과제는 연말에 찾아왔다. 돈을 쓰는 어떤 조직이든 연말 결산을 해야 한다. 동시에 새해 예산 계획을 짜야 한다. 둘 다 내 인생에 처음 있는 경험인데! 게다가 지부장님께서도 안 계신다니! 본부로부터 과제를 받았으니 정해진 기간까지 임무를 수행해야 했다. 작은 글씨와 많은 줄로 이루어진 양식을 보며 눈과 머리가 아팠지만, 차분한 마음으로 하나씩 적어 내려가기로 했다. 2018년의 예산 내역을 보며 고정 지출을 먼저 달러로 환산해 기록했다. 미래에 있을 사업을 상상하며 예산을 예측해야 했다. 하루하고도 반나절이 걸려 완성된 계획서 초안을 본부에 발송했다. 할 수 없을 것이라고 생각했던 일을 해내니 스스로가 너무도 대견스러워 앞으로 뭐든 할 수 있을 것만 같은 기분이 들었다!

연장이냐 복귀냐, 그것이 문제로다

11월 중순, 파견 계약 연장 여부를 결정해야 하는 순간이 왔다. 보통 NGO 봉사단원은 활동 기간이 1년인데, 나는 하반기 파견 단원으로 6개월 활동을 약속하고 왔다. 오기 전에는 미얀마에 뼈를 묻겠다는 마음으로 고민 없이 1년 연장을 생각했다. 그러나 현장에 와서 활동을 하면서 그 확신은 점점 흐려졌다. 내가 소속된 단체의 지부 사업과 업무 환경에 계속해서 소속되어 활동하고 싶다는 흥미를 잃었다. 모든 변화는 천천히 이루어지며 충분한 시간을 필요로 하는 게 당연한데, 다양한 아이디어를 짧은 시간에 사업에 반영하려는 것은 나의 욕심이었을지도 모른다. 그러나 앞으로 1년 더 지금 하고 있는 일을 반복하고 싶지 않았다. 무엇보다 그동안의 과도한 업무로 나는 지쳐 있는 상태였다. 즐겁게 일을 해낼 자신이 없었다. 한편으로는 이렇게 힘들게 미얀마에 왔는데 한국에 갔다가 다시는 미얀마에 돌아올 수 없게 될지도 모르는 상황이 두려웠다.

미얀마에서 활동할 다른 직장을 바로 찾으리란 보장도 없었다. 나도 이렇게 망설이고 있는데 본부로부터 연장 제안이 없자 나는 더 자신감을 잃어 갔다. 다른 동기 단원들은 본부에서 먼저 제안이 와서 연장 계약을 하고 마음 편히 있는데, 나는 계속 불안해하고 있었다. 결국 내가 용기를 내 본부에 먼저 활동 계약 연장 의사를 밝혔더니, 연장 신청 기간인지 몰랐다는 대답과 함께 내게 신청서를 보내 줬다. 제안을 받고 나서 고민은 다시 시작되었다. 내 마음 한편이 계속 불편했다. 마음에서는 더 이상 할 수 없다고 말했지만 억지로 나 자신을 끌고 가려는 것만 같아 무력감이 들었다.

　　며칠 후 나를 위한 결정을 내렸다. 여기까지만 하기로. 내 마음의 목소리를 듣기로 했다. 6개월간 이곳에서 충분히 배우고 경험했다고 만족하기로 했다. 시간이 오래 걸리고 여러 번 실패할지라도 나와 더 잘 맞는 일을 찾아 도전하기로 했다. 새로운 기회를 만나려면 나 자신을 비어 있는 상태로 만들어 놓아야 하지 않을까? 그렇게 연장 취소를 하고 남은 3개월을 후회 없이 최선을 다해 보낸 뒤에 가뿐한 마음으로 한국에 돌아왔다.

나는 이런 사람이었습니다

미얀마를 떠나 온 지(2019년 3월 10일 귀국) 어느덧 2개월이 된 시점에, 엄마 회사 책상 위에서 발견한 한 심리학책『나는 까칠하게 살기로 했다』에서 여러 성격 유형들을 상세하게 묘사해 주는 챕터를 읽게 되었다. 그 책에서 제시해 주는 성격 유형별 설명과 묘사를 기반으로, 나는 지난 6개월의 시간 동안 미얀마에서 있던 일들을 재해석하며 내 성격의 특징들에 대해 객관적으로 생각해 보게 되었다.

먼저, 나는 '새로운 것을 탐색'하고자 하는 유형이다. 새로운 기회가 주어졌을 때 거기에 호기심을 갖고 도전하며 탐색하는 것을 즐긴다. 내 몸과 마음이 저절로 그렇게 반응한다. 이것은 리더십 발휘에 있어 중요한 장점이 될 수 있다. 이 유형은 낯선 장소와 상황을 탐색하는 데서 흥분을 느끼며 구조화되고 단조로운 작업을 잘 견디지 못한다. 이 성격이 경계해야 할 점은 너무 지나쳐서 충동적이거나 일회적인 경향으로 향하는 상황이다. 이 유형은 종종 즉흥적인 이상에 따라 충동적으로 행동하고 감정 변화가 많다. 규칙이나 규정에 얽매이는 것을 싫어하고 좌절을 잘 견디지 못한다.

위에 소개한 경향들은 내가 미얀마에 있을 때 여지없이 나타났다. 특히 나와 비슷하면서도 성격이 정반대이셨던 지부장님과의 갈등은 내 성격이 선명하게 드러난 계기가 됐다. 기존의 사업 유형과 패턴을 따라가기보다, 현장에서 보고 느낀 것을 바탕으로 추가로 더 발전시켰으면 하는 것과 새롭게 시작하고 싶은 일들에 나는 더 관심을 두었다. 그래서 오자마자 사무소 내부에 변화를 주고 새로운 파트너 개발과 사업 개선에 관심을 갖고 아이디어 제안서를 여러 개 작성했다.

지부장님께서는 나와 달리 보수적인 유형이셨다. 당시에만 그런 분이셨는지도 모른다. 안전성과 현상 유지를 최우선으로 두셨다. 그래서 지부장님께서 처음에 내가 온 지 몇 주 안 됐을 때 "허 간사는 밖으로 다니면서 새로운 걸 찾는 것은 잠시 미루고 당분간 사무소에 있으면서 사무소 운영에 대해 파악하는 게 좋겠어."라고 말씀하셨을 때 큰 실망을 느꼈었다. 꼭 해보고 싶은 것이 눈앞에 있는데 못하게 되자, 좌절감을 느꼈다. 일종의 반항심도 느꼈던 것 같다. 그러나 그 덕분에 사무소 정비 작업과 OJT 보고서를 무사히 마칠 수 있었다.

두 번째 나의 성격은 '다른 사람의 감정을 이해하고 자신을 개방하는' 유형이다. 이 유형에 속하는 사람은 마음이 여리고 인정이 많고 따뜻하다. 또 민감하고 헌신적이다. 타인에게 의존적이며 사교적이고 사회적 접촉을 좋아하며 다른 사람과의 교류에 적극적이다. 타인의 고통에 깊이 공감할 수 있으며 자신의 감정을 잘 내보이기 때문에 주변에 그를 좋아하는 사람이 많다. 단점은 다른 사람으로부터 자신의 견해와 감정이 쉽게 영향을 받아 스스로가 가진 주관이나 객관성을 유지하기가 힘들다는 점이다.

일단 나는 평소 사람을 만나 소통하고 이야기를 나누며 연결감을 느끼는 것을 좋아한다. 특히 내 느낌과 감정을 표현하고 공감을 주고받는 것에게 큰 활력을 느낀다. 직접 나서서 모임을 개최하기도 하고 주선자 역할을 자처한다. 하지만 사람들이 나에 대해 느끼고 평가하는 것에서 내 감정이 좌우될 정도로 지대한 영향을 받는다. 사람들이랑 관계가 좋고 만남이 좋게 끝났을 때는 만족감을 느낀다. 그러나 내가 모임에서 소외되는 경험을 하거나 누군가와 부정적인 경험을 하고 나면 절망감과 우울을 느낀다. 이런 약점은 다시 한번 보완이 필요함을 느낀 시간이었다.

세 번째 내 성격은 '자율성'과 '독립성'으로 표현할 수 있다. 이 유형은 자율성에 높은 가치를 부여하며 스스로 목표를 정하고 노력하는 과정에 삶의 의미를 둔다. 자신의 선택에 대해 기꺼이 책임지려 하고 남의 탓으로 돌리지 않는다. 책임감 있고 목표 지향적이며 대인관계에서 통솔하는 위치에 서려고 한다. 단점으로는 권위 있는 사람으로부터 자신의 목표나 가치와 어긋나는 명령이나 지시를 받으면 반발하고 도전하기 때문에 자칫 반항적으로 보일 수 있다는 점을 들 수 있다. 스스로의 인생에 대한 자긍심을 갖고, 의존적이거나 회피적이지 않고 건강하게 한 걸음씩 내디디면서 앞으로 나아가는 능력은 중요하다. 이런 점에서 이 성격은 인생에 큰 자산이 되어 줄 것이다.

　　나는 내가 대부분의 삶에서 자율성과 독립성을 추구했다는 것을 안다. 물론 유년 시절 대부분은 부모님(특히 엄마)에게 모든 것을 의존하는 삶을 살았다. 그러나 나는 본래 자율적이고 독립적인 사람으로 성장할 운명을 갖고 있었다. 학창 시절 나는 학원 수업을 따라가는 것보다 혼자만의 공간에서 나만의 계획대로 학습하는 것을 좋아했고, 방학마다 혼자서 며칠 동안 낯선 서울을 여행하는 것을 즐겼다. 새로운 시도에 두려움도 느꼈지만 내 정신이 원하는 일이었고, 그 도전 과정에서 쾌감과 만족을 느꼈다.

　　해외에서 혼자 생활하는 것도 내 꿈이었고, 직접 해 보니 즐겁고 보람된 일이었다. 새로운 곳에 정착해 나만의 삶을 가꾸어 나가는 스스로의 모습이 좋았다. 누가 시켜서 마감에 쫓겨 하는 일보다는, 하고 싶은 일을 주어진 시간에 맞게 혼자서 해결하는 걸 좋아했다. 그래서 미얀마에서 나의 유일한 직속 상사이셨던 지부장님께서 해야 할 일을 하고 있던 나를 갑자기 부르셔서 새로운 일을 지시하시거나 내가 진행하고 있는 것을 일방적으로 못하게 제지하실 때면 화가 났다. 그냥 "네……. 알겠습니다." 하는 게 내겐 죽기보다 싫었다. 그래서 꼭 언쟁을 한 번 해야 했다.

"제 생각에는 가능하다고 보는데요. 왜 안 된다고 하시죠?" 나의 이러한 반응이 전직 군인이셨던 지부장님께는 꽤 반항적으로 보였을 것 같다. 내가 만약 높은 자리에 가서도 내게 이러는 부하직원이 있다면 골치 좀 아플 것 같다.

　　귀국 직전이었던 2019년 2월 말 내가 마지막으로 진행하는 어린이 결연 사업 준비 중에 있었던 일이다. 이틀에 거쳐 양곤 북부 외곽에 있는 농촌 지역인 흘레구와 흐모비 지역의 어린이 사업장을 방문해 지원 물품을 배급하고 교육 활동을 펼치는 임무였다. 그동안 지부장님께서 몇 개월간 부재하셨기 때문에 거의 나와 팀원들이 기획하는 대로 세부 프로그램들이 진행됐다. 지부장님께서 복귀하시기 직전에 우리는 야심 찬 계획을 세워 두었다. 어린이들에게 환경과 쓰레기에 대한 인식개선 교육을 펼친 뒤에 다 함께 마을의 쓰레기를 줍는 캠페인을 진행하는 활동이었는데, 개인적으로도 내가 꼭 해보고 싶은 프로젝트라 남다른 애착을 갖고 있었다. 양곤에서 활발하게 활동 중인, '클린 양곤(Clean Yangon)' 이라는 환경개선 캠페인 단체 운영자에게 연락을 해 만남을 가졌고, 우리는 클린 양곤 측 봉사단 두 명을 사업장에 초청해 아이들에게 환경 인식 개선 캠페인을 진행하기로 약속까지 잡아 둔 상태였다. 대가라고는 음식 제공이 다였다. 취지나 내용은 좋았는데 외부 기관 사람들을 초청한다는 점에서 지부장님의 마음에 내키지 않았나 보다. 지부 회의에서 활동 계획서를 쭉 보시던 지부장님께서는 생각지도 못한 지시를 하셨다.

"취지랑 다 좋은데 시간이 너무 길어. 1시간으로 줄이고, 다른 기관과의 협력은 취소해. 간단한 교육 주제 아닌가? 우리한테 현지 직원 두 명에 인턴까지 세 명이나 있으니까 직접 준비해서 교육하면 될 것 같은데, 여기서 사람이 더 필요한가? 전에도 말했지만 내 원칙은 우리가 현지에 국제 NGO로 등록이 될 때까지 타 기관과의 파트너십을 최소화하는 것이니, 이 점 유념 바라네."

이 말을 듣고 나와 다른 미얀마 직원 두 친구는 얼굴에 당혹감과 실망을 감출 수 없었다. 나는 지부장님의 이유에 납득이 안 됐고, 무조건 반대만 하신다고 생각해 분노가 치밀었다. 열심히 준비한 직원들의 의견을 따라 주는 것도 리더의 덕목이 아닐까? 본래 책임자인 리더의 선택을 존중하고 지시를 따르는 게 맞다. 만약 내 마음대로 했다가 사고나 문제가 발생하면 책임지기 힘들 테니까. 그러나 당시의 나는 무모했다. 기분 나쁜 표정을 다 내놓고 지부장님의 생각을 바꾸기 위해 집요하게 반박을 했다.

"지부장님, 이건 문제가 없습니다. 저희가 정말 열심히 준비했고 꼭 하고 싶은 일이에요. 내용을 쉽게 이야기하시는데 이번 기회에 저희도 다른 기관을 통해 새로운 지식과 경험을 얻고 싶습니다. 이 단체가 환경 교육에 있어서는 알아주는 현지 전문가에요. 이미 공인된 활동이라 장시간 아이들이 지루해할 염려도 없습니다. 봉사단들에게 교통비 조금만 지급하면 알아서 개인 차량으로 왔다 갔다 해 준대요. 지부장님 입장도 충분히 이해하지만, 이번에 저희 요청을 수락해 주시면 좋겠습니다."

지부장님은 나만큼이나 끄떡없으셨다. 그리고는 나를 다시 불러 엄격한 어투로 쐐기를 박으셨다.

"허 간사, 내가 이미 결정한 일인데 왜 계속 반박을 하지? 내가 이미 설명을 했는데? 내가 지시한 대로 다시 준비해서 진행하게."

지부장님께서 떠나시고 나서 직원들이랑 논의를 해 다시 한번 지부장님을 설득해 보기로 하고 장문의 메시지를 적어 보냈다. 하지만 역시나 같은 대답을 받았다. 결국 지부장님 말씀대로 계획을 조정했고 걱정했던 것보다 활동은 성공적으로 끝이 났다. 우리끼리 간소하게 교육 자료를 만들어 미얀마 직원 세 명이 수업을 진행했고, 아이들과 다 함께 마을을 돌아다니며 쓰레기 줍기 활동도 펼쳤다. 아이들이 즐거워하고 배움을 얻는 모습을 보니 정말 뿌듯했다.

이번 경험의 핵심은 '리더와의 가치관 차이에 대응하는 법'이었다. 새로운 시도를 하고 다양한 파트너와 협력하는 것을 추구하는 내 가치관이, 내 활동과 긴밀하게 연결된 상사에게 받아들여지지 않으니 정말로 괴로웠다. 하지만 보수적이고 안정성을 추구하는 지부장님 관점에서 나 또한 그분께 도전을 느끼게 한 부하였을 것이다. 이제 일로서는 인연이 끝났고 지난날 지부장님과 겪었던 모든 부정적 감정과 상황들은 털어 버려야겠다는 마음이 한국으로 가는 비행기 위에 올랐을 때야 들었다. 다시 한

번 마음을 열어 사과가 담긴 감사의 메시지를 남겼고, 격려의 답장을 받았다. 지부장님이 주신 말속에 나의 모습이 있었다. '개성이 강하다'라는 표현은 내게 '고집이 세다, 자기주장이 강하다'로 해석될 수 있을 것 같다. 하지만 이런 점이 언젠가 내가 새로운 사업의 팀 리더를 맡았을 때는 장점으로 작용할 날이 올 수도 있지 않을까. 좋고 나쁜 성격은 없는 것 같다. 단지 예측 불가능한 환경과 상황에 어떻게 대응하고 어떤 사람과 만나느냐에 따라 그에 대한 평가가 달라지는 것 같다.

이번 6개월간 나는 처음으로 한 조직에 온전히 몸담는 경험을 했다. 그것도 근본적으로 한국의 조직이면서 해외에서 국제적인 사업을 하는 한국 NGO에 말이다. 여러 갈등을 경험했기에 내가 사회성이 부족한 사람이 아닌지, 지나치게 자기중심적이어서 다른 사람들과 충돌을 빚어내지는 않았는지, 구성원들에게 부정적인 인식을 주지는 않았을지 등에 대해 심각하게 걱정했다. 분명 나의 실수와 잘못들도 있었을 거다. 나도 당시에 처음 겪는 상황들이었으니까. 사람들이 나를 어떻게 평가하는지 신경쓰는 것보다, 당시 상황 속의 나와 내 선택을 객관적으로 분석해 스스로 개선하는 방향으로 활용하는 데 초점을 맞춰야겠다. 이 배움을 가슴 깊이 새기고 앞으로도 꿋꿋하게 나의 진로를 개척해 나갈 것이다.

위·중간) 샨주 따웅지 더딘조 불축제 기간 마을 공동체가 힘을 합쳐 불을 밝히던 모습

아래) 마을 구성원 개개인의 소망이 모여 떠오른 열기구

라카인주 먀욱우(Mrauk-U) 마을의 연기낀 아침 풍경

학살의 진원지,
라카인 주의 미스터리를 찾아서

| 라카인 주의 관문, 시트웨

2018년 10월 20일~24일 미얀마에서 두 해째 맞이하는 더딘조(Thadingyut) 휴가. 워낙 먼 거리이기에 충분한 여행 기간이 필요한 라카인 주(Rakhine State)를 여행해 보기로 큰마음을 먹었다. 라카인 여행에 왜 관심이 생겼냐고? 2017년 미얀마 파견 당시 현지에서 라카인 주의 '로힝야(Rohingya)' 무슬림 소수민족에 대한 군부의 대대적인 폭력 사건이 발생했었다. 라카인에 대해서는 뉴스로만 접해야 했고, 대부분 라카인에 대한 이미지는 폭력 사태가 벌어진 북부의 모습에만 국한되어 있었다. 당시 나는 문제의 원인을 알아보고자 그 지역에 대한 조사를 하게 되었다. 라카인 주가 가진 지리적 배경에서 만들어진 독특한 역사 및 문화가 흥미로웠다. '먀욱우(Mrauk-U, 라카인에서는 '므라욱우'라고도 함)'라는 왕조가 독자적인 정치체제로 수백 년간 존재했었다니. 마치 통일신라시대를 맞이하기 전 여러 왕국이 공존했던 한반도의 역사와 유사해 보였다. 영어 발음대로 읽으면 '므라욱우'인데 현지인들 대부분 '먀욱우'라고 부른다. 고대 도시로 남은 사진 속 먀욱우은 당시의 시간에 머물러 있는 것 같았다. 미얀마 불교의 부흥기를 보여 주는 고대 도시 '바간(Bagan)'의 주홍빛 사원들과는 다른 매력을 갖고 있었다. 많은 유물이 숨겨져 있지만 세상에는 많이 알려지지 않은 이 미지의 땅을 찾아가 진짜 라카인을 만나고 싶었다.

미얀마 최남단 양곤에서 최서북단의 라카인 주까지 가려면 차로 하루 24시간 이상이 꼬박 걸리기 때문에 시간을 아끼기 위해 비행기를 타야 했다. 시트웨(Sittwe) 행 비행기가 안전하지 않다는 소문에 처음에는 걱정을 많이 했다. 나의 라카인에 대한 첫 번째 선입견이었다. 그러나 직접 올라 타보니 보통 국내선과 다를 바가 없었다. 다만, 시트웨 공항에 내려 수하물을 찾으려는데 뭔가 분위기가 심상치 않음을 느꼈다. 공항 입국장 건물 입구 앞에서 공항 직원들이 승객들에게 수하물 확인 스티커를 받고 있고, 승객 누구도 건물 안으로 들어가지 않고 있었다. 보아하니 직원들이 직접 수레에 가방들을 싣고 오는 게 아닌가. 오 마이 갓. 이러다 어느 세월에 내 짐을 찾아 공항을 떠나나. 비행기 곁에 쌓아 둔 수레로 성큼성큼 다가가 내 걸 집어 가려는데 직원이 처음에는 안 된다며 제재를 하더니 이내 가져가도 좋다고 했다. 예쓰!

건물에 들어오니, 여행 책에서 본대로 입국심사 직원이 공책에 외국인 방문객의 여권 정보를 적고 있었다. 이민국 직원 아저씨가 내가 미얀마어를 하는 걸 보고 말을 걸며 여행하는 동안 혹시라도 경찰 및 보안 관련해서 문제가 생기면 전화하라고 번호를 주셨다. 이렇게 든든할 수가! 공항 입구로 나가니 아니나 다를까 한 무리의 택시기사들이 손님을 잡기 위해 혈안이 되어 있었다. 지도를 보니 시내까지 거리가 3km가 조금 넘던데 여행 책에는 3-4천짯 정도가 든다고 했다. 자동차 말고 다른 저렴한 수단을 알아보려고 하다가 한 택시 기사 아저씨랑 주로 이야기를 하게 됐는데 계속해서 기본요금은 무조건 5천 짯이고 자동차 택시만 있다는 말만 한다. 왜 차밖에 안 되고 비용이 그렇게 정해진 게 지역 규정인지 물어보려다 포기했다. 어느새 아저씨의 귀여운 택시에 내 짐이 실려 있고 나는 탑승해 있었다. 그래, 싸우지 말자. 내가 예약한 시트웨 시내의 '키스 게스트하우스(Kiss Guest House)'에 도착했다.

　　짐을 풀고 나와 인근에 있는 라카인 문화 박물관에 도착해 입장료를 지불할 준비를 하는데 직원이 처음에는 내가 현지인인 줄 알고 샨(Shan) 민족 사람이냐고 물어봤다. 미얀마에 체류한 지 오래된 한국인은 종종 중국계 샨 민족 사람이냐는 질문을 받는다. 샨 지역이 강원도랑 분위기나 식문화가 비슷하기도 하다. 나는 솔직하게 한국인이라고 고백하고 미얀마인 가격에 달라고 요청했다. 잠깐 당황스러워하던 직원분이 내게 호기심을 가지면서 미얀마에 지낸 지는 얼마나 됐는지와 어디에 사는지 등을 물어보셨다. 로컬 사람으로 판단해도 되겠다 싶은지 흔쾌히 현지인 가격 2백 짯만 내라고 하신다. 외국인에게는 5천 짯이나 받는데, 아싸 돈 아꼈다! 1962년에 지어졌다는 라카인 문화 박물관은 많이 낡아 있었다. 아주 오래 전에 전시물들이 만들어진 뒤로 변한 게 없는 듯했다. 라카인 역사에 대한 한 문단의 영문 소개를 읽어 보았다. 라카인 주에는 오래 전부터 여러 민족이 살아왔지만 버마계 민족이 불교와 함께 번성하면서 버마식 문화 주류화 정책을 펼쳐 왔기에 이 민족성과 종교문화를 대표적인 것으로 보아야 한다는 게 핵심이었다. 시간이 흐를수록 한 나라의 역사에 대한 해석은 계속 바뀌는데 지금 자료들은 모두 과거 정치체제 시각에 기반하고 있는 것 같았다. 1층에는 라카인 지역 역사 소개와 함께 고대시대 유물들이 몇 점 있었고 2층은 라카인 민족 문화 및 풍습에 관한 전시물들로 이루어져 있었다. 라카인 민족 외에도 라카인 주에는 다양한 민족이 존재하며, 라카인에도 씨름과 같은 민속 운동이 있다는 걸 알게 되었다. 결혼 잔치 상차림에 해안 지역답게 해산물이 올라온다는 점도 다른 민족과는 달라 보였다.

다음 날에는 12인 좌석에 16명이나 탑승한 승합자동차(그곳에서는 '미니버스'라고 부름)를 타고 라카인 고대 도시 먀욱우에 도착했다. 내가 3일 밤을 묵은 '프린스 호텔(Prince Hotel)'은 먀욱우에서 제일 오래된 호텔로, 지어진 지 20년이 넘었다고 한다. 인자한 모습의 주인아저씨 부부는 이곳에서 숙박업뿐만 아니라 제과 제빵 사업까지 하고 있었다. 먀욱우 내에 있는 상점들에 아저

위) 종 모양의 먀욱우 불탑들
아래)먀욱우 마을의 정겨운 풍경

씨네 빵이 납품되고 있다고 한다. 빵을 먹어 보니 한국만큼 좋은 맛은 아니었지만 금방 구워서 그런지 신선했다.

자전거를 타고 나와 고고학 박물관과 궁전 옛터를 시작으로 주요 사원들을 돌았다. 사진을 보며 상상했던 것보다 크고 웅장하지는 않아 실망했지만 역사 유적지와 공존하고 있는 마을 사람들의 모습을 보는 게 이색적이었다. 심지어 사원 바로 옆에 허름한 집이 있었는데, 박물관에 있어야 할 고대 기와 조각이 집 앞에 널브러져 있었다. 외부인에게는 돈 주고 와서 보는 유적지겠지만 이곳에 대대로 살아온 주민들에게는 단지 삶의 일부요, 일상이자, 고향이었다.

| 얼굴 문신을 한 여인들이 사는 마을

먀욱우에는 얼굴 문신을 한 친(Chin) 민족 여성들이 사는 마을을 방문하는 일일 투어가 유명하다. 라카인 주 바로 위에 친 주가 있어 옛날부터 친족 사람들이 많이 내려와 살아가고 있다 한다. 친족 마을 투어 당일 아침, 여행사 앞으로 가니 한 서양인 남자 여행객 한 명이 앉아 있다. 속으로 내심 '혼자 가지 않겠구나.' 하며 기뻤다. 오토바이 뒤에 올라타 20분 정도를 달려 선착장에 도착했다. 여기서 약 1시간 반을 모터보트를 타고 북쪽으로 올라가면 얼굴에 문신을 한 여인들이 사는 친족 마을이 나온다. 오랜 세월 전에 친 주에서 산을 넘어 라카인주에 정착한 이주민들이 사는 마을이라고 한다. 북서부 내륙에 위치한 친주와 북서

부 해안에 위치한 라카인 주는 높고 험난한 아라칸(Arakan) 산맥을 사이에 두고 있다. 이 험난한 산맥을 넘어 라카인 주에 정착해 살고 있는 친 민족의 후손들을 우리는 민나러 가는 거다.

이날 나와 함께 동행한 여행객은 뉴질랜드 출신에 이름은 로드(Rod)이고 5개월째 만달레이에서 영어 교사로 일하고 있다고 한다. 만달레이에서부터 오토바이를 타고 3일을 달린 끝에 먀욱우에 도착했다고 한다. 그 험난한 길을 모두 거쳐 왔을 그의 용기가 정말 대단해 보였다. 오토바이를 타고 오면서 로힝야로 추정되는 무슬림 집단 마을을 만났다는 그의 말에 내 두 귀가 쫑긋했다. 그들은 미얀마 말을 전혀 못하고 그들만의 독특한 언어와 생김새를 갖고 있었는데, 로드는 한 청년과 영어로 대화를 나누며 이들의 참담한 현실을 들었다고 한다. 건넛마을로 가는 다리를 건너는 것이 금지되어 있으며, 허용지역 밖으로 나가려면 5천 짯이나 지불해야 한다고 한다. 충격적이었다. 우리는 보트 위에서 지루할 시간도 없이 서로의 생각과 경험을 나누며 열심히 대화를 나눴다.

도착한 첫 번째 마을의 한 가정집에는 얼굴에 문신을 한 70대 할머니와 자녀 및 손자 손녀들이 함께 살아가고 있었다. 로드가 할머니 얼굴의 문신에 대해 이것저것 궁금해하길래 나도 실례를 무릅쓰고 이것저것 물었다. 할머니는 9살 때 얼굴 전체에 문신을 받았다고 한다. 문신을 받고 난 날부터 5일 동안 퉁퉁 부은 얼굴로 앓아누워 식음을 전폐했다고 한다. 그 아픈 문신을 누가 시키려 했냐니까, 다름 아닌 엄마가 추진했다고 한다. 어렸던 할머니는 당시 문신을 새기기 싫었다고 한다. 하지만 그 어린아이는 어른들의 의지를 거역할 수 없었으리라. 큰 딸이었던 할머니는 나중에 끈질기게 엄마를 말려 동생들은 문신을 받지 않게 했다고 한다. 공동체의 문화를 강제로 따라야 했던 어린 세대들의 고통을 느낄 수 있었다. 할머니를 제외하고 할머니 아래 자손들부터는 아무도 문신한 사람이 없다고 한다.

다른 마을에서 더 자세한 문화 이야기를 들을 수 있었다. 친족 중에서도 얼굴에 문신을 하는 소수 민족이 따로 있고, 9살 전에 문신을 해야 피가 안 난다는 미신이 있다고 한다. 문신 모양은 거미줄을 묘사한 것이다. 왜 여자들에게 이런 문신을 하냐고 물으니까 "그냥 이게 우리 민족 문화다"라는 말만 들었다. 문화니까 무조건적으로 받아들였다는 건가? 계속 물어보니 같은 민족 남자들이 얼굴에 문신한 여자를 예쁘게 본다고 장난 반 진담 반으로 말씀하셨다. 맨 얼굴보다 예쁜 얼굴이 있단 말인가? 나로서는 이해할 수 없었지만, 그 문화의 기원을 꼭 알아 문신의 검증하고 싶은 호기심이 솟아났다. 인터넷에 어떤 여행기자가 쓴 글을 확인하니 고대시대 얼굴 문신은 침략자들로부터 여성들이 약탈당하는 것을 예방하기 위한 목적에서 기원했다고 한다. 그렇다면 '문신을 해야 남자들이 좋아한다'는 의미는 '문신을 한 여자를 얻어야 누가 훔쳐 갈 일이 없다'라고 해석해도 되려나? 그 당시에는 일리가 있는 이유다. 그러나 지금은 시대가 변했으니, 모

어렸을 때 엄마 손에 이끌려 새긴 얼굴 문신을 갖고 평생을 살아오신 할머니들과

든 개인에게 신체에 대한 결정권이 주어져야 한다고 생각한다.

두 번째 마을에서는 할머니 여섯 분이 전통직물 만들어 팔며 관광객을 기다리고 있었다. 나도 기부 의미로 하나 사려고 고르는데 할머니들이 각자 자신의 것을 사라며 내게 애원하셨다. 하나를 골라 만 짯에 샀는데 다른 할머니들이 아이처럼 서운해하는 게 얼굴에 보였다. 현지인들이 직접 손으로 짠 직물들은 무늬도 독특하고 예쁜데, 아무리 사고 싶어도 집에 가져가면 쓸모가 없어져 살 수가 없다. 스카프 하나를 짜기 위해 5일에서 길게는 일주일을 투자하는 노동에 대한 정당한 대가가 주어질 수 있도록, 할머니 제품들의 상품성이 개선될 필요성을 느꼈다.

위) 강을 통해 생계를 이어 가는 여인의 진지한 눈빛
아래) 강에서 놀다가 해맑게 인사하는 아이들

우리를 하루 반나절 동안 친족 마을로 안내해준 뱃사공 아저씨는 라카인 사람으로, 선착장 상 건너에 살고 있다고 했다. 여행 내내 나의 통역자가 되어 내가 알아듣지 못하는 친족의 라카인어 및 버마어를 표준의 버마어로 통역해 주었다. 마을에 방문할 때마다 내가 미얀마어를 할 줄 아는 것을 자랑스럽게 생각하는 것 같았다. 점심을 먹으며 아저씨와 마주 보고 이런저런 이야기를 나눴다. 자식들이 세 명 있는데 첫째 아들은 고등학교 마지막 10학년 ─미얀마 공교육 제도는 유치원 1년, 초등 4년(1~4학년), 중등 4년(5~8학년), 고등 2년(9~10학년) 이렇게 총 11년으로 이루어져 있음─ 을 못 마치고 말레이시아로 말없이 떠나 일을 하고 있다고 한다. 둘째 아들은 학교를 마쳤냐고 하니까 둘째 아들도 10학년인데 설상가상으로 다리가 아파 병원에 왔다 갔다 하느라 학교에 못 나가고 있다고 한다. 가난과 건강이 교육의 지속가능성에 큰 영향을 미치고 있었다. 특히 학교에 대한 접근성이 도시보다 훨씬 열악한 농촌에서는 교육을 끝마치기가 정말 어려워 보였다. 뱃사공 집에는 고등교육을 마친 자녀가 나오기 어렵다. 졸업장 없이 사회에 나온 자녀들은 가난의 대물림 속에서 빠져나오기 힘들 것이다. 이런 현실을 생각하니 마음이 텁텁해져 왔다.

| 분리된 두 세계를 보다

호텔 주인아저씨 친구 차를 얻어 타고 먀욱우에서 남쪽으로 차로 15분 정도 떨어진 역사 유적지인 타웅모타웅힐(Taungmawtaung hill)을 방문했다. 카도뗴인 신당(Kadothein shrine)이라고도 한단다. 라웅그렛 고대도시(Launggret Ancient City)라 적힌 언덕을 오르니 문자가 새겨진 거대한 바위와 사원이 나타났다. 라웅그렛은 1247년에 문 티(Mun Htee) 왕이 건설한 왕국으로, 1404년 버마 왕국에 의해 점령당해 멸망했다. 1430년에 벵갈 왕조(지금의 방글라데시) 술탄(왕)의 도움으로 민소몬(Min Saw Mon) 왕자가 먀욱우 왕조를 건립했고, 1784년 버마족 꼰바웅(Konbaung) 왕조로부터 침략당하기 전까지 약 300년을 번영했다. 과거 도시였던 이곳은 현재 우물터만 남아 있을 뿐 논밭으로 뒤덮여 있었다.

먀욱우에서 이곳에 오는 길목에 마을이 나타났는데 시장에 사람들이 북적거렸다. 다른 곳과는 다른 느낌이 들어 자세히 보니까 사람들이 다른 모습을 하고 있었다. 차에서 아저씨들이 저들은 무슬림 '껄로'들이라며 비하하는 어투로 언급했다. 버마나 라카인 민족이 아니면서 무슬림인 자들을 '껄로'라고 부르고 있었다. 이들이 벵갈인인지, 로힝야인지, 껄로인지 나는 혼란스러웠다. 언어도 그들만의 언어를 사용하는 것 같았다. 이렇게 그들만의 폐쇄된 공동체가 존재하는데 대부분이 버마어를 쓰는 이 나라

마욱우에서 만난 무슬림 할아버지에게서 좀처럼 마음이 떠나지 않았다

에서 일부로 받아들여질 수 있을까? 민족 간의 갈등이 만들어질 수밖에 없는 현실적인 문제점을 선명하게 바라 볼 수 있었다.

　　이들은 어디서 왔을까? 언제부터 여기에 살았을까? 호기심은 더욱더 깊어져 갔다. 차 앞에 쭈그려 앉아 있는 무슬림 할아버지를 만났는데, 그를 보는 내 마음이 슬픔으로 물들었다. 너무도 노쇠한 모습이 마치 아기 같았는데 아무도 거들떠보지 않았다. 옷은 모두 헤집어져 있고 목에는 낡은 담요를 칭칭 두르고 있었다. 그나마 같이 간 아주머니가 2백 짯 정도를 건네주었는데 충분하지 않아 보였다. 그 돈으로는 생수 하나도 못 사 먹는다. 그때까지도 나는 망설이고 있었다. 할아버지가 힘겹게 일어나 홀로 앞으로 걸어 나가는 모습에 내 마음이 무너지는 것 같았

다. 나는 차에서 마시던 물을 꺼내 할아버지께 달려가 지갑에 있
는 잔돈과 함께 손에 건네주었다. 할아버지는 그 자리에 쭈그려
앉아 물을 마시더니 다시 걸어갔다. 인간으로서의 책임감을 다
하지 못한 것 같은 죄책감이 내 안을 감쌌다. 집으로 가는데 눈물
이 차올랐다. 왜 그랬을까? 아직도 그 느낌을 정확하게 설명하기
가 어렵다.

| 어느 먀욱우 현지 가이드의 삶

　　로드와 함께 저녁을 먹고, 여행을 오기 전 페이스북에서
만난 먀욱우 현지 가이드 '사 네이 린'의 집을 찾아갔다. 부모님
과 누나 가족들까지 해서 대가족이 모여 살고 있었다. 네이 린은
8남매 중 6째로, 가정 형편상 고등교육을 다 마치지 못하고 생활
전선에 뛰어들었다. 시트웨와 먀욱우에 있는 호텔들에서 일을
한 적이 있고 지금은 무직 상태라고 했다. 젊은 시절 그는 카친주
까지 가서 6년 동안 금을 캐는 광부로 일했다고도 한다. 독학으
로 영어를 배워 영어를 잘하는 그는 관광 해설사 자격증도 가지
고 있다. 미니 택시 툭툭(Tuk Tuk)을 운전하며 외국인 관광객들
을 가이드 하는 일도 그의 소득 중 하나다. 지역 NGO에서 일하
고 있다고 했는데 알고 보니 봉사활동을 하고 있는 거였다. 그는
NGO에 일하며 지역사회에 기여하고 싶어 했지만 지원하는 곳
마다 모두 떨어졌다고 한다. 아마도 지역 사람에 대한 차별이 있
는 것 같다고 했지만 일단 그가 정규 대학교육을 마치지 못한 것

이 가장 큰 장애물 같았다. 안타까웠다. 그는 아마 중국이나 다른 나라로 노동을 하러 떠날지도 모른다고 했다. 그러면 가족과 생이별을 해야 하는 상황이 발생할 텐데 말이다. 양곤으로 돌아와 그의 SNS를 보니 다시 툭툭을 구매해 운전기사 일을 하며 가족과 함께하기로 결정한 듯 보였다. 그의 성공적인 앞날을 기원한다.

| 인연을 소중히 여기는 나라, 미얀마

집으로 가는 길 사원에 들러 마을의 야경을 내려다 보았다. 그렇다 오늘은 미얀마의 더딘조 명절 전날이다. 어둠 속에서 길목마다 사람들이 집 앞에 촛불을 켜 놓았다. 사원 위에 올라가 있던 내게 누군가 말을 걸었다. 보니까 시트웨에서 만난 아저씨였다. 내게 라카인 국수 몽디를 사줬던 그분이 찻집에 앉아 있다가 지나가는 나를 보고 여기까지 달려 온 것이었다. 내가 먀욱우로 오는 날 그도 오후에 보트를 타고 먀욱우로 돌아올 예정이었다. 내게 친절하게 이것저것 이야기해줬는데 나는 경계를 유지하고 있었다. 먀욱우에서 도움 필요하면 연락하라고 연락처를 줬는데 내 연락처는 주지 않았다. 그렇게 먀욱우에 와서 잊고 있었는데 이곳을 떠나기 하루 전에 나를 반갑게 맞이하는 아저씨를 만난 것이다. 내가 연락이 없자 계속해서 내가 지나갈까 싶어 먀욱우에 돌아다니는 여행객들을 하나하나 쳐다보고 있었다고 한다. 왠지 미안했다. 아저씨는 내게 가족들을 소개해 주고 싶었다면서 그 자리에서 두 딸의 사진을 꺼내 보여줬다. 사진 속 큰딸의 몸이 불편해 보였는데 소아마비 장애를 갖고 있는 듯했다. 아저씨는 얼마 전부터 사진기사 일을 그만두고 집에서 아픈 딸만 돌보고 있다고 한다. 아빠로서 마음이 얼마나 아플지 공감이 됐다. 아버지의 자식 사랑은 세계 어디를 가나 지극하다. 먀욱우를 떠나기 전 내가 만나야 할 사람들을 모두 만나 감사하다.

미얀마는 정말 넓고 무궁무진한 잠재력을 지닌 나라다. 그러나 여전히 많은 지역의 사람들이 가난으로 힘들어하고 있다는 사실을 느끼고 온 여행이었다. 부자인 사람은 대대로 부자다. 가난한 집 출신 자녀들은 계속 가난에 놓일 확률이 높다. 미얀마 국민이라면 누구나 발전을 위한 공평한 기회를 누릴 수 있다면 좋겠다.

2019 새해맞이는 나 홀로 응아빨리 해변에서

| 그래, 응아빨리로 결정했어!

　미얀마에서 맞는 두 번째 새 해가 다가온다. 2018년 12월 30일부터 1월 1일까지 3일간, 바쁜 일상에서 벗어나 휴식을 즐길 수 있는 시간이 주어졌다. 안 가 본 곳 중 어디를 가야 할까? 미얀마에 살면서 꼭 가봐야 하는 곳이지만 지금까지 안 가본 응아빨리(Ngapali)를 선택했다. 응아빨리는 이탈리아의 나폴리 해변과 같이 아름답다고 해서 붙여진 이름이다. 바닷물이 그렇게 투명하고 예쁘다는데 안 보고 미얀마를 떠날 수는 없지 않은가? 외국인은 비행기로만 갈 수 있는 곳인 줄로만 알고 있었는데 최근 현지 직원을 통해 시외버스가 있다는 걸 알게 됐다. 미얀마는 영토가 크고 노선이 다양해서인지, 현지인도 잘 모르는 크고 작은 버스 회사가 정말 많다. 그래서 다양한 버스 회사들과 파트너를 맺고 있는 현지 여행사 하나 정도를 알아 두면 좋다. 작년 네피도에 살 때부터 알아 온 여행사 직원을 통해 응아빨리로 가는 왕복 버스를 3만 5천 짯에 예매했다.

| 응아빨리로 향하는, 13시간의 육로 여행

12월 30일 아침 7시, 나의 버스에서의 긴 여정은 시작됐다. 버스표에는 분명 응아빨리까지 10시간이 걸린다고 나와 있기에 나는 오후 5시쯤이면 도착할 줄 알고 있었다. 일단 5시간 정도 달려 중간지점에서 30분을 쉬며 점심을 먹는다. 5시간 동안 반을 왔기에 앞으로 5시간만 가면 도착할 줄 알았지만 그건 나의 오산이었다. 응아빨리까지는 총 13시간 반이 걸렸다! 중반부터는 라카인 요마(Yoma) 산맥을 넘는 험난한 여정이 시작된다. 워낙 고산지대인지라 사람이 거의 살지 않고 푸른 나무들만 보인다. 이런 지리학적인 환경이 라카인을 보다 독특한 역사와 문화가 담긴 지역으로 만들었나 보다. 오후 한 시 반쯤 되었을 때 검문소에 도착했는데 지도를 보니 이야와디와 라카인 지역의 경계를 막 넘은 곳이었다. 승무원이 승객들의 신분증을 미리 받아 두었다가 대표로 밖에 나가 검사를 받는다. 옆에 앉은 현지인 여성과 이야기를 나누었는데 딴드웨(Thandwe)에 살고 있는 남편과 어린 아들을 만나러 가는 길이라고 한다. 장거리 부부였다. 왔다 갔다 경비가 많이 들기 때문에 두세 달에 한 번씩만 가서 만난다고 한다. 나는 어떻게 가족인데 이렇게 떨어져 몇 달에 한 번 만나며 살 수 있냐고 물었다. 남편 일이 곧 끝나니 양곤에서 다시 다 같이 살 수 있을 거라고 한다. 생계를 위해 헤어져 있어야 하는 미얀마 가족들의 그리움과 가족을 지키기 위한 노력이 내게도 느껴졌다. 저녁 8시쯤 되었을 때 딴드웨의 정류장에 승객을 내려

주고 응아빨리로 다시 출발했다. 약 저녁 8시 반이 되어서야 버스는 나를 응아빨리 숙소 근처에 내려 놓고 떠나갔다.

| 내가 직접 만든 오토바이 여행 코스

다음 날 아침 8시, 예약해 놓은 진주섬 보트 여행을 떠났다. 원래는 4시간짜리인 여행 일정이 사정으로 3시간 만에 끝나자 여행비를 깎아 달라고 했더니(여행비는 25달러였다) 안 된다기에, 대신 오토바이로 가고 싶은 곳들을 데려가 주는 것으로 합의를 보았다(나는 협상의 신이다. 하하). 그렇게 오후 반나절을 응아빨리 마을들을 탐방하는데 보냈다. 응아빨리에는 주로 4개의 마을이 있다. 위쪽 지역에서부터 열거하면 응아빨리 마을, 린 따(Lin Tha) 마을, 먀 핀(Mya Pyin) 마을, 제익 또(Gyeik Taw) 마을이다. 린 따 마을에는 여러 화가들의 갤러리와 영국인 자선단체가 운영하는 영어 학교, 야자 열매 가공 농장이 있다. 그 아래 먀 핀 마을은 여행객들이 주로 모이는 번화가로, 다양한 호스텔과 해산물 식당, 리조트들이 있다. 제익 또 마을은 어업을 주 생계로 살아가는 미얀마 어부들의 삶을 엿볼 수 있다. 나만의 여행 코스를 소개한다.

1) 린 따 마을
-베라 톰슨 영어 학교
'베라 톰슨 영어 학교(Vera Thomson English School)'는 영

사진으로만 보던 응아빨리 해변의 실물

위) 새해 공연을 준비하고 있는 학생들
아래) 학교 설립자 수와 함께

국 기반 자선단체 '앤드류 클락 신탁(Andrew Clark Trust)'이 '브룩스 개발 신탁(Brooks Development Trust)'과 '조리스 재단(Joris Foundation)'의 지원으로 린따 마을에서 운영해오고 있는 무료 교육기관이다. 리조트 사업을 하러 1998년 응아빨리에 온 영국부부 '수(Sue)'와 '사힌(Sahin)'은 현지 부모들이 아이들을 먹여 살리거나 학교에 보낼 수 없는 모습을 보고 이들을 후원하기 시작했다. 어린이 2명에 대한 지원을 시작으로 그동안 250여 명을 후원해왔고, 영어를 가르치기 위한 학교를 설립하였다. 작은 오두막집에서 시작한 학교는 현재 건물 3개로 운영되고 있다. 현재는 온 마을에서 온 650여 명의 아이가 무료로 학교에 다니며 영어와 보건 교육을 받고 있다. 신탁은 응아빨리의 빈곤층 어린이들에게 의료 지원을 해주며 2,500여 권의 책을 소장한 도서관도 운영하고 있다. 졸업한 아이들 일부에게는 영국에 단기 연수를 다녀올 수 있는 기회도 주어진단다. 영어를 가르치는 이유는, 관광업이 주요 경제적 수단인 응아빨리에서 가장 중요한 능력이 영어이기 때문이다. 학교를 돌아다니며 곳곳의 벽에 그려진 캠페인 그림들을 감상할 수 있고 아이들이 수업을 받으며 웃고 떠드는 모습을 볼 수 있다.

학교 홈페이지 : www.myanmaraid.org.uk

-코코넛 공장

해안가 근처에 코코넛 껍데기들이 잔뜩 늘어져 있는 곳이 있어 들렀는데 수십 년째 코코넛 열매를 생산해 딴드웨와 양곤으로 납품하는 일을 하는 노부부가 살고 있었다. 갈색으로 익은 코코넛 열매 껍데기를 벗겨 그 안의 주스를 버리고 하얀 살만 남긴 뒤 마를 때까지 햇볕에 널어 둔다. 이 열매를 받은 도시의 공장은 코코넛 기름을 짜 시장에 내다 판다. 업체들은 현지 원료를 싸게 사서 시장에 비싼 가격으로 파는데 그 과정에서 어떤 업체들은 코코넛에 다른 첨가물을 넣기도 한단다. 할머니는 어차피 양곤에서는 코코넛 품질에 관계없이 시장 가격을 같게 책정하기 때문에 여러 품질을 섞어서 보낸다고 한다.

-현지 화가 갤러리 3곳

여행을 오기 전 네이버를 검색하던 중에 응아빨리에 미술 갤러리들이 있다는 것을 발견했다. 한국의 유명 화가들도 다녀간 곳이었다. 여행가이드북에는 나와 있지 않아서 현지 오토바이 기사에게 물어 장소들을 찾아갈 수 있었다. 대표적으로 Hein Lin That Gallery(화가 Min Yan Naing), SKK Art Gallery(화가 San Naing), Ye Thu Art Gallery(화가 Ye Thu) 가 있다. '산나잉(San Naing)'이 가장 유명한 화가로, 미얀마의 풍경과 사람들을 추상화법으로 표현하는 특징이 있으며 한국에서 전시회를 연 적도 있다고 한다. 다음으로 유명한 '민얀나잉(Yan Naing)'은 친형인 산나잉에게 직접 그림을 배웠다고 한다. 각자가 가진 시각과 표현법으로 각각 갤러리를 운영하고 있는 모습이 인상 깊었다. 화가 '예뚜(Ye Thu)'의 그림 또한 매우 인상적이었다. 미얀마 불교 문화와

위) 잘 마른 코코넛 열매
아래) 화가 산나잉의 작품들 속으로

현지인들의 모습을 무게 있게 표현하고 있었다. 응아빨리는 화가들에게 많은 영감을 주는 마을인가보다. 내가 보는 미얀마 풍경들이 물감으로 덧칠해지는 기분이 들었다.

2) 제익 또 마을
-어부의 삶 관찰

갑자기 생선 비린내가 확 나기 시작한다면 제익 또 마을에 도착한 것이다. 여행객들에게는 어부 마을(Fisherman Village)로 알려져 있다. 집들이 옹기종기 모여 사는데 쓰레기들과 해산물들 썩은 냄새가 뒤섞여 악취가 나기도 하고 지저분하다. 하지만 그곳에서 미얀마 어촌민들의 살아있는 삶을 엿볼 수 있다. 해변으로 나가니 말린 물고기들을 수집하고 있는 여인들이 보였다. 아침에 잡아 온 물고기라는데 하루면 다 마른다고 한다. 해변에 배들이 모여 있는데 오후 3~4시쯤 되면 남자들이 이런저런 물건들을 짊어지고 배에 가득 올라타는 모습을 볼 수 있다. 고기를 잡으러 떠나는 광경이었다. 이 시간 배를 타고 망망대해 바다로 나갔다가 다음 날 아침이 되어 서야 돌아온단다. 도시락에, 생수에, 옷가지에… 치마에 슬리퍼만 신고 떠나는 길… 제대로 된 안전장비 없이 떠난 이들의 여정은 험난해 보였다. 오토바이를 운전하는 친구한테 물어보니 어부들이 이렇게 밤낮으로 일해서 한 달에 10만짯 정도 버는데, 고기를 많이 잡으면 많게는 20만 짯까지도 번다고 한다. 배 주인은 따로 있다고 한다. 고기잡이배 한 대에 얼마냐고 하니 수백만에서 천만 짯이 넘는 금액이었다. 일반 주민들에게는 꿈도 꿀 수 없는 가격이다. 마을의 대물이자 이 배들의 주인이 어떤 사람인지 궁금해졌다.

위) 어선을 타러 나가는 제익또 마을 남자들의 뒷모습
아래) 햇볕에 말린 고기들을 거두고 있는 제익또 여인들

-옛날 얼음공장

　재래식으로 얼음을 만드는 모습을 관찰 할 수 있다. 한국
에서는 보기 힘든 이색적인 경관이다. 얼음은 해산물들을 장시간
보관하기 위해 필수적인 요소다. 냉동고가 흔하지 않은 시골에서
는 대부분 얼음에 의존을 하는데, 얼음의 품질은 그다지 좋아 보
이지 않았다. 얼음 하나를 얼리는 데 5일 이상이 걸린다고 한다.
가격도 큰 얼음 하나에 몇천 짯을 한다고 한다. 공장 전체가 주황
빛 물들로 얼룩져 있는데 얼음을 생산하는 기계들이 녹슬어 나온
것이고 그 녹슨 물이 얼음에도 스며들고 있었다. 저 얼음을 먹기
도 한다는데 위생이 심히 걱정스러웠다. 거리에서 먹는 얼음들을
이래서 조심해야 하는구나, 하고 경각심을 느꼈다. 이 마을에 깨
끗하고 품질 좋은 얼음 공장이 생긴다면 대박이 날 것 같다.

-몽 짯따익 먹어 보기

　마을을 걷다가 아주머니 둘이서 쭈그려 앉아 숯불에 긴 이
파리들을 굽고 있는 게 보였다. 궁금해서 가서 물어보니 '몽 짯따
익'이라는 건데 여기 라카인에만 있는 간식이라고 한다. 바나나 나
뭇잎 안에 찹쌀가루 반죽과 코코넛 열매를 넣어 구운 건데, 하나 먹
어 보니 고소하고 달콤한 향이 일품이었다. 한국의 구운 가래떡과
도 비슷한 맛이었다. 하나에 100 짯인데 총 7개를 사 먹었다. 응아
빨리에 오면 오후에 제익 또 마을에 와서 몽 짯따익을 반드시 먹어
보자.

위) 얼음 공장의 아이
아래) 길가에서 몽 짯따익을 굽던 아주머니 두 분

| 미얀마 20대 청년들의 도전이 만든 호스텔, 위스테이

응아빨리에서 마지막 밤을 묵은 호스텔 위스테이(We Stay @ Chillax)는 활력이 넘치는 곳으로, 일반 2층 집을 개조해 만들어졌다. 실내는 밝고 따뜻한 이미지로 마치 갤러리처럼 미얀마 전통 기념품들로 장식되어 있다. 개업 한지는 일 년 조금 넘었다고 한다. 조식을 포함하여 하루 묵는데 3만 짯 정도에 예약을 했다. 직원들이 내 나이 또래 같아 보이는 게 인상적이었다. 나중에 대표로 보이는 직원과 대화를 하게 되었는데 글쎄, 나보다도 어린 나이였다. 양곤에서 왔는데 친구 몇 명이랑 같이 초기 자본금을 모아 호스텔 창업을 시작했다고 한다. 바간, 냥쉐에서의 호스텔을 시작으로 2017년 11월에 이곳을 열었다고 한다. 젊은 나이에 위험을 무릅쓰고 투자를 했고 현재는 떳떳한 창업주로 사업을 운영하고 있는 미얀마 젊은이들의 도전 정신이 놀라웠다. 초기 투자금 마련은 부모님께서 도와줬다고 한다. 나도 이들처럼 위험을 감수하고 내가 해보고 싶은 일에 도전할 수 있을까?

12월 31일, 밤 11시 40분쯤이 되어 호스텔 투숙객들과 다 같이 인근 해변으로 나갔다. 해변의 호텔 직원, 외국인 투숙객, 현지 여행객들이 모두 나와 불 쇼를 기다리고 있었다. 카운트다운과 함께 1월 1일을 맞이하는 축제가 열렸다. 폭죽들이 터지고 악단들이 미얀마 전통 악기를 연주하며 흥을 돋웠다. 불이 붙여진 봉에 남자들이 가루를 뿌리니 불꽃이 솟구쳐 올랐다. 다음 날 다시 13시간 동안 버스를 타고 양곤에 돌아갈 가치가 있는 여행이었다.

위) 응아빨리 해변에서의 흥겨운 새해맞이 장면
아래) 저 불꽃 속에 내 마음도 빨려들어갔다

미얀마 여행의 종착지,
차웅다 해변 위에서 만난 꿈

임기를 마치고 한국으로 떠나기 한 주를 앞두고 마지막
여행을 떠났다. 목적지는 현지인들이 사랑하는 '차웅다(Chaung
Thar)' 해변으로, 미얀마의 남서부 이라와디 지역(Ayeyarwady
Division) 해안에 위치하고 있다. 원래 한 번 가본 인근 해변 마을
'응웨싸웅(Ngwe Saung)'에 다시 가려고 계획했지만 출발 이틀 전
부터 버스표를 알아보기 시작했을 때 이미 모든 업체의 좌석이
매진된 상태였다. 망연자실하고 있을 때 친구가 "그럼 차웅다로
가볼까?" 하고 제안했고, 감지덕지하게도 두 자리를 겨우 얻을
수 있었다.

차웅다로 향하는 밤길은 고행의 연속이었다. 버스도 작은
데 버스 복도까지 사람들이 입석으로 꽉 차게 앉았고 에어컨이
잘 작동하지 않아 버스 안은 찜통이었다. 바로 옆 복도에 앉은 아
저씨는 새 휴대폰을 사서 기분이 좋은지 이리저리 만져 보면서
온갖 음악을 버스 전체 사람들이 다 들을 정도로 크게 틀어 놓고
들었다. 누군가 여기에 뭐라고 말해 줄 수 있다면 얼마나 좋을까

싶을 때 뒤에 앉은 청년이 "아저씨, 에어컨도 안 돼서 더워 죽겠는데 귀까지 힘들게 하면 어떡해요. 시끄러워서 잠을 못 자겠어요, 좀 꺼주세요" 하고 말해줬다. 휴, 다행이다. 새벽 다섯 시가 다 되어 차웅다에 도착했다. 오토바이 택시를 잡아탄 뒤, 예약해둔 숙소에 도착해 몸을 쉬었다.

　　수영복을 입고 해변에 나와 검은색 타이어로 만든 튜브를 빌려 바다로 뛰어들었다. 우리가 자리 잡은 파라솔을 운영하는 아저씨는 원래 타지방 사람인데 사업을 하러 이곳 차웅다까지 와서 정착을 하게 되었다고 한다. 새로운 사람들을 만나 이야기를 나누고 대접하는 게 좋아서 이 일이 자신한테 잘 맞는단다. 쌍둥이처럼 똑같이 생긴 형과 동생이 일을 도와주고 있고, 아저씨는 식당 안에서 아내와 딸과 함께 살고 있었다. 요리는 요리사이던 장인어른께 배웠다고 한다. 우리가 주문을 하면 오토바이를 타고 근처에 있는 수산물 시장에 가서 재료를 사다 즉석에서 요리를 해 주셨다. 아저씨가 보여준 사진을 보니 물고기 종류부터 조개류, 문어, 성게까지 온갖 해산물들이 즐비해 있었다. 미얀마 맥주에 해산물을 배 터지게 먹고 난 뒤 깜깜한 해안가로 나와 별을 감상했다. 하늘이 너무 맑고 어두워서인지, 은하수와 작은 별까지도 세세하게 보였다. 마치 우주로 여행을 떠난 것 같았다. 하염없이 별이 보고 싶을 때마다 이곳이 생각날 것 같다.

차웅다를 떠나온 뒤에도 잊히지 않는 것이 있다면 그곳의 아이들이다. 다른 바닷가에 비해 차웅다 해변에는 아이들이 많았다. 부모님과 함께 여행을 온 아이들이 아닌, 해변을 방황하는 아이들…… 다들 손에 바구니 하나씩은 들고 있었는데 그 안에는 조개나 물고기, 때로는 가오리까지 있었다. 해변을 걸을 때마다 아이들이 달라붙었다. 식용으로 파는 건가 싶었는데, 알고 보니 바다에 풀어주는 용도로 파는 거란다. 불교 문화가 깊은 미얀마에서는 참새나 물고기 등 갇혀 있는 생명체들을 방생해 주는 풍습이 있다. 생명체를 자유롭게 해줌으로써 복이 온다고 믿는다. 그런 풍습을 이용해 장사를 하는 사람들이 양곤뿐만 아니라 어딜 가든지 있다. 상업적인 목적으로 번진 방생 문화는 그 의미를 잃은 듯하다. 그러나 무엇이라도 하며 생계를 이어가야 하는 이곳 사람들에게는 절박한 돈벌이 수단이다.

둘째 날에 다시 숙소 앞바다로 나와 북쪽 해변을 향해 무작정 걷고 있었는데 어느새 한 남자아이가 내 곁에 다가와 있었다. 빨강색 티셔츠에 꼬질꼬질한 모습이었지만 눈이 크고 반짝반짝 빛나던 아이였다. 처음이 아니란 듯이 능청스럽게 우리에게 말을 걸어왔다. 이것저것 물어보니 사실인지는 모르겠으나 초등학교 2~3학년쯤 되어 보이는 이 아이는 할머니랑 살고 있다고 한다. 부모님은 어디 있냐고 하니까 어렸을 때 자기를 낳고 헤어져 뿔뿔이 흩어졌다고 한다. 순간 마음이 아팠지만 내가 해줄 수 있는 게 없었기에 애써 외면했다. 내가 조개껍질을 줍는 것을

차웅다 해변 위 플라스틱을 줍는 아이

알고는 관심을 받으려고 여기저기서 조개껍질을 한 아름 주워 와서는 무심한 듯 내 손에 얹어 주는 모습이 귀여웠다. 아이가 심심한지 계속해서 우리를 따라왔다. 출발한 곳에서 점점 멀어지는데 아이의 귀갓길을 책임질 것이 두려워 얼른 돌려보내고 싶었다. 500 짯을 꺼내 주었더니 용건이 끝났다는 듯 멈춰서 "그럼 저는 가볼게요" 하고 돌아섰다. 그러다 얼마 안 있어 우리 뒤로 다시 다가와 우리를 깜짝 놀라게 했다. 잠깐 동안 정을 주었던 우리와 헤어지기 아쉬웠나 보다.

출발점에서 꽤 떨어진 한 리조트 앞에 도착하자 다른 아이들 여섯이 더 나타났다. 다들 조개 바구니를 들고 있었다. 팔에

해변에서 여행객들에게 조개를 팔던 아이들과 정이 들어버렸다

바구니는 들고 있었지만 아이들 눈빛은 장사가 아니라 우리랑 노는 데 집중되어 있는 것 같았다. 아이들 셋과 윗동네 해변까지 도착했다. 음료수를 사 주고 이제는 정말 이제 돌아가라고 단호하게 말했더니 처음에 만난 아이가 눈물을 글썽였다. 정말로 사람의 정이 그리웠나 보다. 아이의 순수한 모습에 우리는 마음이 녹았지만 어쩔 수 없이 이별해야 했다. 아이들은 금방 미련을 버리고 웃음을 되찾아, 우리가 함께 걸어 왔던 먼 길을 떠났다.

다른 아이들처럼 부모로부터 마땅히 받아야 할 사랑과 기회들을 누려 보지도 못하고 자라나고 있는 해변의 아이들이 안타까웠다. 분명 어른이 되어 어떻게든 잘 살아가고 다른 아이들보다 독립적인 모습으로 성장할 수 있겠지만, 세상은 이 아이들에게 더 거칠게 다가올 것이다. 사회적 기회로부터 박탈될 수밖에 없을 것이다. 지금 이 시기만큼은 관심과 애정으로 자라날 수 있다면 좋겠다. 이 아이들 모두를 청소년이 될 때까지 내가 돌봐 줄 수만 있다면…… 언젠가 이곳 차웅다에 해변 위의 아이들을 위한 센터를 세워 아이들의 교육과 성장을 지원해 주고 싶다는 꿈이 생겼다. 한 나라의 발전이 이 아이들에게는 너무도 더디다. 소외되는 사람 하나 없이 모든 구성원 개개인의 성장을 위한 환경과 그 삶 전체에 영향을 미치는 것, 그것이야말로 발전 아닐까.

차웅다의 뜨거운 일몰을 보고 있노라면 누구든 그 자리에 주저앉을 거다

IV

한국에서 만나는 미얀마

집으로 돌아오다

안간힘을 다해 내가 해야 할 일을 모두 마치고 신변정리를 한 후에, 2019년 3월 10일 한국에 돌아왔다. 도착 직후에는 해방감을 느꼈다. 얼마간의 휴식 후 다시 고민과 우울감이 찾아왔다. 미래에 대한 불안과 현재 나 자신에 대한 불만족스러운 감정이 내 마음을 휘감았다. 미얀마에서 좋았던 일들이 참 많았는데 왜 힘들었던 경험과 감정들이 다시 살아나는지, 그 기억과 감정들을 다루는 데 애를 먹었다. 몇 번의 낙방 끝에 귀국한 지 2개월 반만에 강원도 홍천 바로 옆 춘천에 취업이 됐다. KOICA-강원도청-강원대학교 3자 간의 MOU로 설립된 '강원국제개발협력센터'라고, 강원도 지역 내에 국제개발협력과 KOICA의 글로벌인재양성(해외봉사단 등) 프로그램을 홍보하는 일을 하는 기관이었다. 내가 미얀마에서 배우고 느낀 것들을 내 고장에 나눌 수 있는 기회였다. 무엇보다 나의 첫 한국 직장이기도 했다.

생각보다 일은 힘들었다. 봉사단원이었을 때보다 내게 주어진 역할과 책임이 무거워 그 기대에 부응하기 위해 발버둥쳤던 것 같다. 힘든 생각이 들 때마다 나는 다시 해외로 나갈 준비를 했다. 하지만 운명은 내가 한국에 더 머물기를 바랐는지, 지원하는 곳마다 계속 낙방을 시켰고 심지어 2020년 초에 코로나19 전염병이 찾아와 한국에 발이 묶여 버렸다. 7개월간의 춘천 생활을 접고 홍천 집에 다시 돌아와 쉬다가 코로나19가 한창 극성을 부리던 5월, 서울에서 나의 두 번째 한국 직장 생활을 시작하게 됐다. 고등학교 때부터 꿈에 그리던 외교부에 발을 디디다니! 7개월간 아시아태평양국 아태2과 소속 연구원이 되어 서남아시아 및 태평양 국가들에 관한 업무를 지원했다. 비록 미얀마에 관한 일은 아니었지만, 미얀마 덕분에 새로운 세계를 탐험할 기회를 얻었다.

이 세상은 우리보고 '무모해져라'고 하며 도전을 부추기기도 하고, '무모한 도전'은 이제 그만 해도 좋으니 한곳에 정착해 제대로 된 일을 하라 한다. 한두 번의 무모한 도전을 통해 그동안 살아온 삶의 틀을 깨는 실패 또는 성취의 경험을 하는 것은 좋다고 생각한다. 그러나 무모한 도전은 어느 순간 멈춰야 하는 것일까? 카페에 앉아 나의 진로를 생각하다가 '나는 무모한가?'라는 질문을 스스로에게 던지고 있는 나를 발견했다. 정말 내가 무모한지 알기 위해 '무모하다'라는 단어의 정확한 의미를 사전에 검색해 봤다. 찾아보니 '앞뒤를 잘 헤아려 깊이 생각하는 신중성이나 꾀가 없다'는 의미한다. 부정적인 의미로 느껴진다. 앞뒤를 충분히 따지지 않고 무작정 하는 일을 두고 말한다. 그러나 앞뒤를 너무 따져도 아무것도 시도하지 못하게 되거나 기존의 상황에 고착되는 결과에 놓이게 된다. 아무리 신중하게 앞뒤를 살피고 계획을 했다고 해도 결과는 내가 통제할 수 있는 것이 아니다. 내게 있어 두 차례에 걸친 미얀마 파견 생활은 무모한 도전이었다. 하지만 이 무모한 도전은 내 삶 최고의 선택이자 기회였다. 미얀마를 만나고 나서 나는 전과는 다른 새로운 사람으로 거듭났기 때문이다.

언덕에서 내려다 보는 만달레이 평원

한국과 미얀마를 잇는 마웅저 아저씨

2018년 한국에 돌아왔을 때, 국내에 있는 모든 미얀마에 대한 정보를 찾아다녔다. 미얀마에 관한 전시나 행사가 있다고 하면 어디든 찾아갔다. 부평에 있는 미얀마 타운의 미얀마 식당도 가보고, 한국에서 열리는 미얀마 물 축제도 찾아가 봤다. 미얀마 해외 봉사를 다녀온 한국 연예인들의 활동 사진전도 있었다. 그러다 한국에 미얀마만을 위해 활동하는 NGO가 있다는 걸 알게 되었다.

미얀마에서 평화와 행복을 상징하는 나무 이름인 단체 '따비에(Tha Byae)'는, 미얀마의 어린이 도서관·교육·동화책 출판을 지원하는 비영리 시민단체(NGO)다. 따비에는 2010년 10월 한국에 처음 설립됐다. 따비에를 처음 시작한 분은 한국에서 19년간 정치적 난민·근로자 생활을 했던 '마웅저(Maung Zaw)'씨다. 현재 미얀마 따비에 도서관의 대표를 맡고 있고, 한국에서는 친근하게 '마웅저 아저씨'라고 부른다. 따비에가 설립되기 전부터, 마웅저 아저씨는 미얀마 이주민 그리고 한국 시민들과 협력하여 미얀마 국경 지역 난민 어린이 교육 지원 활동을 해왔다. 2013년에 따비에 미얀마 사무국이 개소하면서 한국과 미얀마 간의 협력 활동은 보다 활성화되었다.

미얀마에는 아직 어린이를 위한 도서관·예술 교육 제도 및 문화가 활성화되어있지 않다. 군부 정권 시절부터 획일화된 교육과정과 도서 검열로 많은 도서들이 사라졌다고 한다. 건물 중심 개발로, 양곤 시내에는 아이들을 위한 놀이터나 문화 공간이 부족한 상태다. 한국에서 동화책을 읽으며 행복하게 성장하는 아이들을 보며 감명을 받은 마웅저 아저씨는 본국에 돌아가 어린이를 위한 도서관을 짓겠다는 꿈을 품게 된다. 장기간의 한국 생활을 마치고 본국으로 돌아간 마웅저 아저씨는 미얀마에서 다양한 독서 교육 지원 프로그램을 펼쳤고, 2010~2011년에 걸쳐 3개의 도서관(불교수도원에 2개, 난민촌 학교에 1개)을 설립했다. 한국에 있는 따비에는 미얀마의 따비에 도서관 활동을 지원하기 위한 모금 활동 및 사업 기획 지원과 더불어 전반적 행정 업무를 담당하고 있다. 후원자들의 정기 후원 외 따비에의 사업 추진을 위한 모금 활동은 직접 출간한 동화책 및 미얀마에서 가져온 기념품 판매 그리고 온라인 크라우드펀딩 등으로 이루어지고 있었다. 한국의 따비에와 후원자들이 없었다면 미얀마의 따비에 도서관 또한 현재까지 지속될 수 없었을 것이다.

6월 1일 서울에서 따비에 어린이 도서관 증축 사업을 위한 후원 행사가 개최된다는 소식에 나도 찾아가 보았다. 한국을 방문한 마웅저 아저씨도 함께했다. 행사는 마웅저 아저씨의 삶에 관한 연극, 마웅저 아저씨가 최근 저술한 동화책 〈저마다의 아름다움〉에 들어가는 그림을 그린 '하자작업장학교' 소속의 한국 청년 팀과의 대화, 음악 공연 등으로 이루어졌다. 미얀마를 사랑하는 한국인들이 모여 함께 마음을 나누는 자리였다. 2015년 양곤 '사우스 오깔라빠 타운십(South Okkalapa Township)'에 세워진 1.5층짜리 도서관 '따비에'는 4번째 도서관으로, 현재 331명의 회원과 3,900여 권의 도서를 보유하고 있다. 연간 대출 권수는 16,000 권, 방문자는 7,500명에 이른다. 따비에가 직접 도서관을 운영하고 관리한다는 것이 현지 주민 및 교사들이 운영해 온 기존의 따비에 설립 도서관들과의 차이점이다. 현재는 사우스 오깔라빠 타운십의 도서관을 중심으로 '따비에식' 도서관 운영 모델을 개발하여 미얀마 전역에 확산시켜 나가는 목표를 갖고 있다.

　　따비에 도서관은 도서 대출뿐만 아니라 미술 활동, 청년 교육, 컴퓨터 교육, 보건 교육 등 다양한 프로그램들을 운영하고 있다. 따비에 도서관은 미얀마 청년들이 아동들을 위한 재능기부(책 읽어주기, 방과 후 활동 등)를 하며 함께 미얀마의 미래를 만들어 가는 희망의 장이기도 하다. 그동안 따비에를 통해 『강아지똥』, 『마당을 나온 암탉』 등 한국의 대표적인 동화책들이 미얀마어로 번역되어 출간되었고, 미얀마 내 동화 작가 활동 지원 및 공공도서관 운영자 교육 활동 또한 진행하고 있다. 2017~2018년에는 공립학교 및 수도원 내에 8개의 도서관을 개관했다. 점점 더 많아지는 도서 간 이용자들에게 보다 양질의 교육 서비스를 제공하기 위해 당시 따비에는 2019년 완공을 목표로 5층짜리 도서관 증축 사업을 추진해 나가고 있었다. 한국 후원자들의 지원 덕분에 무사히 완공되어 현재까지도 현지에서 잘 운영되고 있다.

미얀마와 한국 시민들 간의 우정과 나눔에 기반을 둔 따비에의 사회공헌활동은 국제개발협력 사업의 지속가능성을 보장해 주는 대표적인 사례라고 생각한다. 한국에서 미얀마와 지속적으로 연결되고 싶은 분이나, 미얀마 아이들의 행복한 책 읽기를 통한 성장을 응원하고자 하는 분들에게 따비에는 훌륭한 연결고리가 되어 줄 것이다.

따비에 홈페이지 : thabyae.net
페이스북 페이지: @thabyaekorea

마웅저 아저씨와 아저씨의 이야기가 담긴 동화책을 들고 서울에서

강원도 고향에서 만난 미얀마

2019년 3월, 강원도 홍천군의 내 고향으로 돌아왔다. 어디선가 '미얀마'라는 단어가 들리기라도 하면 귀를 쫑긋 세우고 주위를 둘러봤다. 몸만 한국에 있을 뿐이지, 언제 어딜 가든 미얀마는 늘 나와 함께 했다. 어느 날 교회에서 알게 된 한 언니가 내가 미얀마를 다녀온 걸 알고 자신이 수업을 하는 '해밀학교'에 얼마 전 미얀마 학생이 전학을 왔다고 알려 줬다. 해밀학교는 몇 년 전 가수 인순이 씨가 다문화 및 이주민 가족 출신 청소년들을 위해 홍천에 설립한 대안학교다. 이 작은 동네에 미얀마 사람이라니! 나는 뛸 듯이 기뻤다. 언니 말로는 아이 아빠가 한국 사람이고 엄마가 미얀마 사람인데 미얀마에서 태어나고 자라 한국말을 거의 모른단다. 수업 시간에 아무 말 없이 조용하게 앉아 있고 그러다 혼자 울기도 한단다. 언어도 안 통하는 낯선 곳에 갑자기 이사 와서 얼마나 혼란스러울까.

하루 날을 잡아 언니의 수업에 참관했다. 아주 예쁘게 생긴 여자아이가 다소곳하게 앉아 있었다. 말이 통하는 사람이 나타나서 후련했는지 아이도 입을 열기 시작했고 다른 아이들은 우리가 이야기 하는 모습을 신기하게 쳐다봤다. 나는 이참에 아이와 다른 학생들이 서로 소개하며 궁금한 점들을 묻고 답하도록 통역자 역할을 자처했다. 학교를 떠나며 학생들에게 "너네 내 미얀마 동생 괴롭히지 말고 잘 지내야 된다." 하고 말했다. 이 아이 뒤를 지켜주는 누군가 있다는 걸 알면 아무도 건들지 못할 테니까. 여름이 대부분인 미얀마에서 급하게 온 바람에 환절기 옷이 부족했던 아이를 위해 안 입는 깨끗한 옷들을 구해 가져다줬다. 그 뒤로 자주 보지는 못했지만 언니 말로는 이제 완벽 적응을 해서 친구들이랑도 잘 놀고 한국말도 조금씩 한다고 한다. 그제서야 내 마음이 안도했다.

아이를 알게 된 후 우연히 미얀마인 두 명을 더 알게 됐다. 홍천의 한 공장에서 일을 하고 있는 친구들이었다. 이 친구들이 쉬는 날 다 같이 한 번 만났다. 미얀마말로 대화할 친구들이 지척에 있다는 사실에 나는 감사하고 행복했다. 이들도 이 조그만 동네에 자기네 나라를 잘 알고 자기네 언어를 할 줄 아는 한국인 친구를 만날 줄 알았을까. 나보다 두세 살 어렸던 '마웅 묘'는 미얀마 제2의 도시 만달레이(Mandalay)에서, '아웅 카잉 표'는 미얀마 대륙의 꼬리 부분에 있는 해안 도시 더웨이(Dawei)에서 왔다. 현재 한국에는 약 3만 7천 명의 미얀마인들이 거주하고 있는데 대부분은 한국 노동부와 산업인력공단이 운영하는 '외국인 고용 허가제도(Employment Permit System)'를 통해 한국에 들어와 생산 및

강원도 홍천 내 고향에서 만나 친구가 된 미얀마 남동생 둘

농업 직종에 종사하며 살아가고 있다. 흔히들 'EPS 근로자'라고 부른다. 현지에서 한국어를 열심히 공부해 시험을 합격하면 한국의 고용주들과 연결이 된다.

　미얀마인들에게 한국은 기회의 땅이다. 미얀마에 있을 때 한국에 가서 일하고 싶다는 청년들을 많이 만났다. 같은 시간 동안 같은 일을 해도 미얀마에서는 한국에서 받는 급여의 4분의 1이 될까 말까 한다. 뭔가 불공평하다는 생각이 들었다. 한국에서 아끼며 모은 돈은, 미얀마에 돌아와 자동차든 땅이든 사서 뭐라도 시작할 수 있는 자본이 되어 준다. 보다 나은 미래에 대한 그 희망이, 이들이 한국에서 향수병과 함께 일터에서의 온갖 욕설과 차별을 견디는 힘이 되어 주고 있지 않을까 싶다.

　이런 절실한 마음으로 한국에 온 미얀마 근로자들의 복지
는 중요한 문제가 됐다. 2018년 8월 22일 김포의 한 건설 현장
에서 인천 출입국·외국인청의 단속반원들이 미등록 체류 이주
노동자들을 단속하겠다며 공사 현장 간이식당 안으로 들이닥쳤
다. 당시 25세이던 미얀마 출신 근로자 '딴 저 테이'는 단속을 피
해 식당 창문 밖으로 달아나려다 8m 아래로 추락해 뇌사 사태에
빠졌고, 9월 8일 한국인 4명에게 장기를 기증하고 끝내 숨을 거
두었다. 그는 2013년 취업 비자를 받고 한국에 왔지만 2017년 상
반기 비자가 만료되면서 법무부의 단속 대상이 됐다. 이 계기로,
국내의 불교단체 및 인권 관련 다양한 한국인 시민단체와 한국에
거주하는 미얀마 노동자들이 한곳에 모여 이구동성으로 딴 저 테
이 사건에 대한 진상규명과 외국인 노동자들의 권리 및 복지 신
장을 요청하는 목소리를 외쳤다. 2019년 2월, 국가인권위원회는
법무부의 미등록 체류자 단속 과정에서 발생한 이주노동자의 죽
음에 국가의 책임이 있다는 판결을 내렸고 법무부 장관에게 사고
의 책임이 있는 관련자들에 대한 징계와 재발 방지 대책 마련을
권고했다.

　이 사건을 계기로 2019년 3월 10일, 미얀마 노동자들 스
스로의 권리를 옹호하고 복지를 증진하고자 한국의 다양한 미
얀마 단체들이 모여 '주한 미얀마 노동자 복지센터'를 개소했

다. 복지 센터 설립의 주축에는 부평에서 '브더욱 글로리(Padauk Glory)'라는 미얀마 식당, 마트 및 서비스 센터를 운영하는 '소 모 뚜(Soe Moe Thu)'씨가 있으며, 현재 그는 센터의 운영위원장을 맡고 있다. 한국에 약 25년간 정착 생활을 해 오면서 유창한 한국어 실력을 터득했고, 한국에 대한 다양한 지식과 경험을 쌓아 오셨다. 나는 소 모 뚜 씨와의 통화 인터뷰를 통해 복지센터에 대해 보다 자세한 정보를 얻을 수 있었다.

복지센터는 공동대표 3명, 운영위원장 1명, 사무국장 1명, 상담원 2명, 한국인 자문위 4명, 그리고 지역대표들로 구성되어 있다. 주로 센터에 미얀마 통역 상담직원이 상근하고 남은 대표들은 비상근으로 센터 운영을 돕고 있다고 한다. 대표들이 3년 치 회비를 한꺼번에 내서 센터의 지속 가능한 운영을 지원하고, 현재 한국에 거주 중인 미얀마 근로자 회원 180여 명이 한 달에 1만 원씩 회비를 내고 있다. 소 모 뚜씨가 운영하는 '브더욱 협동조합'의 후원으로 3층짜리 주택 건물을 센터로 활용(1~2층은 숙소로, 3층은 사무소)하고 있단다. 센터 업무는 사무국/상담팀/교육팀/병원비 지원팀/회계팀/감사팀으로 이루어져 있다.

외국인 고용관리 시스템을 통해 한국에 온 미얀마 근로자들 대부분 근로 자격 획득을 위한 한국어기초 실력 외에는 한국에 대해 잘 모르고 있는 경우가 다반사라고 한다. 대부분 18세부터 39세까지의 남성들로 이루어져 있고 최대 3년까지 근무할 수 있다. 이들이 미얀마와는 확연히 다른 한국의 근로 환경 문화와 한국 생활에 적응해 나가는 일은 쉽지 않다. 예를 들어 전날 아무리 과음을 해도 다음 날 출근 시간을 지키는 게 한국 분위기인데, 미얀마의 시골에 살다가 한국에 외 처음 일하게 된 미얀마인들에게는 쉬운 일이 아니란다. 문화도 다르고 친구와 가족도 없는 곳에서 주로 혼자 생활해야 하기에 우울증이나 외로움이 찾아오고, 이주노동자에 대한 차별적 인식으로 근로장에서 한국인들에게 언어폭력과 차별대우를 받기도 한다. 시간과 자원을 들여 어렵게 한국에 왔는데 잘 몰라 저지른 실수나 부적응 문제로 미얀마에 돌아갈 수는 없지 않은가. 먼저 한국에 정착한 미얀마인 선배들이 한국 생활에 필요한 정보들을 공유하고 교육을 해 주는 것만큼 큰 도움도 없을 거다.

　　현재 미얀마 노동자 복지센터의 목표는 외부 교육 활동을 지속하며 보다 많은 미얀마 회원들을 모집해 결속력과 규모를 키워나가는 것이라고 한다. 한국에서 일손이 부족한 제조업 및 농업계에 도움이 되고 있는 미얀마 및 기타 이주노동자들이 한국에서 건강하게 생활을 하고 조국에 돌아갈 수 있도록, 우리 한국인들은 이들에게 대한 관심과 지원을 아끼지 말아야 한다. 이들이 한국에서 배운 선진 문화와 기술을 바탕으로 보다 성장하여 조국의 발전에 기여하게 된다면 한국인으로서 정말 자랑스러운 일이 아닐까.

주한 미얀마노동자 복지센터 페이스북 공식 페이지: @mwwcenter

미얀마 노래로 7만 명의
미얀마 청년들과 소통하다

미얀마에서 돌아온 2018년의 여름, 나의 미얀마 노래 연습 영상을 미얀마 친구들과 공유하기 위해 페이스북 페이지를 개설했다. 이름은 'Korean Girl Loving Myanmar Songs(미얀마 노래를 사랑하는 한국 소녀)'로 지었다. 0명에서 시작한 구독자 수(팔로워)가 일 년 만에 만 팔천 명에 도달했고, 2020년 9월 기준 7만 명을 넘겼다. 구독자 대부분은 미얀마의 젊은 청년들이다. 악성 댓글 하나 없이 남녀노소 미얀마 분들에게 많은 관심과 사랑을 받아 왔다. 정말 감사한 일이다. 나의 미얀마어 공부 과정과 미얀마에서의 추억 및 한국 생활을 공유하며 얻은 응원에서 나는 하루하루 힘을 얻었다. 미얀마어로 꾸준히 게시물을 작성하다보니 미얀마에서는 불가능했던 작문이 한국에 있는 동안 가능해졌다. 그리움은 내 안의 모든 잠재력을 끌어내는 힘이 되어 주었나 보다.

이 페이지 덕분에 2018년 미얀마에 다시 왔을 때 BBC방송사와 인터뷰 영상을 촬영하는 영광도 얻었다. 양곤 곳곳에서 제일 좋아하는 가수들을 실물로 만났을 때는 전율을 느꼈다. 외국인들이 한국의 BTS에 열광하는 그 기분을 미얀마 가수를 보며 체험하다니. 현재까지 나는 약 30곡의 미얀마 가요를 익혀 부를 수 있게 됐다. 모든 가사가 내 가슴에 새겨져 일상 속에서 아무 때나 입 밖으로 흘러나온다. 나의 감정을 한국어가 아닌 미얀마 언어로 표현하는 그 순간, 내 가슴 속의 무언가가 자유로워지며 치유되는 것을 느낀다. 그 맛에 나는 지금까지 계속 미얀마 노래를 배운다. 좋아하는 미얀마 노래가 매일 하나씩 늘어나고 있다. 늘 '어떻게 이렇게 좋은 노래가 있을 수 있지! 모두가 들어야 해!' 하고 혼자 감탄한다. 아마도 꽤 오랫동안 이 취미를 이어갈 것 같다.

앞으로 기회가 되면 한국에 있는 미얀마 구독자들과 모임도 하고 같이 음악 교류도 해 보고 싶다. 내 소원은 미얀마어로 직접 작사 작곡한 노래를 불러 보는 것이다. 그리고 미얀마 친구들과 함께 밴드를 결성해 한국·미얀마를 오가며 활동하는 것! 미얀마 노래가 나의 삶과 영혼을 치유해 준 것처럼 나도 내가 가진 것들을 나누며 세상에 보답하고 싶다.

산주 따웅지 언덕에서 내려다본 마을

나의 사랑,
미얀마에게 보내는 편지

미얀마야 안녕,

나야, 너를 너무 좋아하는 한국인 여자 허은희.

벌써 우리가 서로 헤어진 지 2년이 다 되어 가는구나.

우리가 다시 만날 수 있을까?

너에게 재회에 대한 확실한 약속을 할 수 없는 지금이

나는 너무 슬프구나.

너도 나를 떠나보내 슬퍼하고 있을까?

2018년 1월 아쉽게 너를 떠난 후 너에게 다시 돌아오기 위해 나는 정말 노력했어. 미얀마에서 활동하는 직장은 모두 찾아 지원서를 쓰고 면접을 봤지. 실패를 많이 했어. 너랑 점점 더 멀어지는 것만 같아서 슬펐어. 하지만 한국에 있는 동안 미얀마 노래를 배우기 시작했고, 페이스북에 나만의 페이지도 만들어 미얀마 친구들과 소통했어. 한국에 있을 때 미얀마어를 쓰는 능력이 생겼어! 신기하지? 나는 사랑에 대해서는 거리가 중요하지 않다는 걸 실감했어. 한국에 있는 동안 미얀마에 대한 사랑이 더 깊어졌으니까. 그러다가 양곤에 있는 한 한국 NGO 단체에 합격해서 행복한 마음으로 다시 너를 찾아오게 되었어.

2017년 처음 너를 만나게 되었을 때 나는 너에 대해 잘 알지 못했어. 무조건 해외에 나가서 살면서 일을 해보고 싶어 봉사단 프로그램에 지원했는데, 당시에는 너를 선택하면 선발될 가능성이 가장 높아서 널 선택했어. 그리고 합격했을 때, 이제부터 미얀마는 내게 특별해야 한다는 마음을 먹었지. 너를 만나기 전부터 한국에서 너에 대한 공부를 시작했어.

미얀마는 남한보다 6.7배 이상 큰데, 국민 수는 5천만 명 정도로 비슷하다고 하더라고. 그래서 처음에 '야, 미얀마 정말 땅 부자구나. 짱이다.' 하고 생각했었지. 미얀마에는 135개가 넘는 다양한 민족이 살고 있는데, 불교를 믿는 사람들이 대다수이고, 나라의 문을 연 지 얼마 안 된 국가라 발전 속도가 점점 빨라지고 있다고 했어. 한국과는 다른 국가라는 이유로 내가 가게 될 미얀마가 무조건 좋았어. 하지만 당시 주변에서 '왜 미얀마가 좋아?'라고 물어보면 아직은 대답할 수 없었지.

미얀마를 한국에서는 '인연의 나라'라고 하는 거 알아? 불교의 믿음처럼, '서로 인연이 있어야만 방문할 수 있는 국가'라는 의미야. 사실 나는 2013년에 미얀마를 여행으로 처음 방문했었어. 10일 동안이었나? 내가 일한 단체에서 동남아시아 여행을 하는데 방문 국가 중 미얀마가 있었어. 그때 만달레이, 바간, 껄로, 인레 호수를 가봤어. 그때 내 마음 상태가 좋지 않았거든. 그래서 많은 것을 기억하지는 못해. 미얀마에 왔지만 손님처럼 잘 알지 못하고 돌아갔지.

현재의 나는 너에 대해 보다 많은 것들을 알고 있어. 너의 역사, 문화, 음식, 멋진 장소들에 대해서까지! 그리고 미얀마어도 잘한다? 어디 가면 사람들이 나를 미얀마 사람인 줄 알 때도 있어. 나도 내가 이렇게 영어 말고 다른 외국어를 할 수 있게 될 줄 몰랐어. 내가 그동안 살면서 가장 잘한 일 중 하나는 미얀마어를 배운 거야. 네가 사는 세상의 언어를 배우면서 너에 대해 더 깊이 이해하고 소통할 수 있게 되었어. 이런 게 사랑 맞지?

임무가 끝나 너를 떠나왔지만, 나는 여기서도 늘 너의 소식을 듣기 위해 노력하고 있어. 언제가 될지 모르겠지만, 새로운 인연으로 우리가 다시 만나길 소원할게. 그때는 너와 함께 원대한 미래를 만들어나갈 수 있도록 내가 더 성장해 있을게. 코로나19로 두렵고 힘들 텐데, 굳건히 잘 견뎌 주길 바라.

안녕 나의 소중한 사랑,
미얀마.

2019년 1월 미얀마 바간에서

만달레이의 일몰

나는 왜 미얀마와 사랑에 빠졌을까

ⓒ 허은희, 2020

초판 1쇄 발행	2020년 12월 20일
2쇄 발행	2021년 02월 20일
지은이	허은희
발행처	(재)협성문화재단
	부산광역시 동구 중앙대로 360(수정동) 협성타워 9층
	T. 051) 503-0341 F. 051) 503-0342
제작처	도서출판 호밀밭
	T. 070) 7701-4675 E. anri@homilbooks.com

ISBN 979-11-90971-17-1 (03810)

※ 가격은 겉표지에 표시되어 있습니다.

※ 이 책에 실린 글과 이미지는 저자와 출판사의 허락 없이 사용할 수 없습니다.

이 도서의 국립중앙도서관 출판예정도서목록(CIP)은 서지정보유통지원시스템 홈페이지(http://seoji.nl.go.kr)와 국가자료종합목록 구축시스템(http://kolis-net.nl.go.kr)에서 이용하실 수 있습니다. (CIP제어번호 : CIP2020052364)